顺江而行

亚男 著

长江出版传媒

长江文艺出版社

亚男

本名王彦奎。
四川达县人。
中国作协会员。
著有《呈现》
《时光渡》等作品。
业余写作者。
现居成都。

目　录

第一章　从小镇出发

小镇　003

客栈　005

路口　006

柴市街　007

柏油路　008

上学路上　009

深山　010

耕地　012

村庄　014

一棵树　015

山谷　017

山冈　019

露珠　021

纸质高速　022

冬水田　023

村小　024

月下的河　025

木器　027

露台上　029

坡地　031

山梁上　032

田坎　033

绝壁　034

变异的月亮　035

悬崖　036

公交站　037

斑马线　038

地铁之门　039

雪　040

木椅　041

南墙　042

苦丁茶　044

第二章　气候和风向

割韭菜记　049

草木寄　050

深山的麻雀　052

进山　053

像鸟儿一样飞在深山　054

落日　055

刀鞘　057

孤独者　058

很多鸟都不认识我　059

指认　060

身外之物　061

我是故乡的一首诗　062

我扛着一头牛的孤独　064

圆明园留影　066

月光照到山谷　068

剥洋葱　070

雨水记　071

野生　072

膻味　074

摘桃子　076

天要下雨　078

枯竭之火　080

不速之火　081

药性植物　082

植物命　084

观点移植　085

春风已过　086

声音剪辑　087

挖土　089

泄洪　090

小麦来到山冈　091

下霜了　093

干燥　094

理发　095

露营　096

小院里的月光　097

起风了　098

插秧　100

采摘　102

掰包谷　103

果农　104

种土豆　105

挖红薯　106

扎钢筋　108

大雾起兮　109

地铁，一直开　111

无土栽培　112

天气转好　113

风向　115

第三章　疲倦，或隐喻

购物车　119

大河之意　120

乡野里的爱情　121

夜市　122

中年记　123

巷口即景　124

高处　126

十二月　127

夕阳　129

桃花　131

修辞学　132

深夜　134

薄　135

乌鸦　136

瓜熟蒂落　137

果园记　138

围巾　140

寒流　141

铁　142

炊烟是故乡的根　143

大棚蔬菜　144

疲倦，或隐喻　146

听力　148

冬至　149

骨头　151

馈赠　152

衍生　153

折射　154

养神　155

红利　156

生活的块状　158

入院病历　159

门诊　160

手术　161

过道上　162

高烧的夜晚　163

病史　164

插在输液瓶中的玫瑰　166

穿刺　167

骨折　168

消过毒的每一天　170

过了这一夜　171

月光落不到手术台　172

处方上的日月　174

神经外科　175

止痛药　177

消炎药　178

第四章　千回百转，江水长

高铁开进了我的视线　181

暴雨　182

浑浊　183

过天桥　184

火车　185

修渠　186

抽风　187

野鹤　189

拥堵　190

发芽　192

扑腾　193

深黑色　194

攀登　195

月亮的耳朵　196

贡嘎措　197

出行　198

冲古寺　199

兰花记　200

阳台上　201

醒来的雪　203

焦虑　204

烧酒　205

换土　206

破绽　208

夜里的枯木　210

卓玛拉措　211

转山　212

香格里拉镇　214

雪水　216

每滴雨水都有去向　218

在雪的身体上刻画　220

每片树叶都有正反面　221

一本诗集的最后确立（代后记）　222

第一章

从小镇出发

小 镇

石头垒砌来的孤独
就是那间小小的屋子
窗外清扫过的风剩下一些
萝卜和洋芋又在重新发芽

不甘寂寞的蟋蟀察觉到
我身体里的火苗有些忧伤
出门走走
小镇被一条河拐进了山谷

零星的炊烟牵着彼此
把落下的雪带了回来
哈着气的房间
墙上的影子放出光芒

很久不生火的屋子
取出身体里的火点燃爱情
小镇一下子就暖了
那些雪也成为见证者

多年后的小镇
一排排小楼井然有序地讲述着

那晚的雪和风

在月光下多么柔软

客　栈

古旧的小院，木结构
和青石条子不再埋怨虚度
雨水顺着屋檐
流进小河
湿漉漉的鸟鸣拴住了晚霞

一杯茶，在屋檐卜
打开一字一句围起
小院的静谧。翻开
又合上，淡淡的水墨
虚构的青石板溅起
玫瑰的香

向北的窗，晾晒着
只穿了睡衣的炉火。唇上掀起的
波澜，茫茫一片。不含杂质的夕阳
裹着蓬勃

脱掉外衣的小院
山峦起伏。从后面抱着一缕炊烟
省去了喧嚣和烦躁
依偎在夕阳的余晖里
把山川河流读得跌宕起伏

路　口

这是一个很绵稠的秋天
成排的梧桐树顶着回忆
南来北往的车辆碾压着
一些颠簸的日子

站得笔直的街灯一句话也不说
落到指路牌上
我清楚在这里停留很有必要
辨认自己去的方向

每一粒尘土都带着故乡的体温
从小巷转移出来
我的脚步比尘埃还要轻
不想惊动赶路的刹车

在通川中路上班那几年
没有少麻烦达巴路口的商店
在几支香烟的支持下
很多夜晚交给了浓度有限的生活

柴市街

可以放纵地，在一块瓷砖上
刻画。就有了商标的精准定位
语言的窈宛伴随着夜色
在灯光的掩护下，无可挑剔地使用障眼法

款式就是制胜的法宝
新潮的取向，尽量袒露心胸
不用婉转，以川东的泼辣方式
吆喝，就有取之不尽的前途

至于为什么叫柴市街
也许是谐音吧。一溜的商铺
把四月领进冬天的门
夸张地讨价还价以绝对值压低成本

风靡的，不用担心换季
大幅的甩卖也不过是　款价廉物美
赶在新品上市
柴市街人头攒动

柏油路

村口那棵树，弯下腰
在柏油路的边沿，把影子的事情忘了

我在诗歌里行走多年
一直颠簸的山间
铺设成了柏油马路，直奔亮堂
小河、小溪在夜里灌满我的身体

不再寡淡的鸟鸣，站在活蹦乱跳的岸上
把扛在肩上的阳光放在水田中
一定有一条远道而来的消息，垂钓起悠闲

在最蓝的一滴水里
找到一棵树的爱情，枝繁叶茂
饱满的日子隆起
天空把一串忙碌，挂在雨后
让柏油路高兴得睡不着

上学路上

路总是不断消失，又不断出现
过去上学的路长了很多草
寻着回忆，我一步一步向上
气喘吁吁的中年，脚底时不时打滑

中年的皮鞋很不适应这条路
想起过去赤脚走在上面，脚趾抓不紧泥土
走得歪歪扭扭的
到山顶，脚板已麻木
下坡，打闪
脚板和石板的摩擦系数被冬天的雨水降低到极限

快到学校，在冬水田里洗掉脚上的泥土
却洗不掉冰冷的水钻进骨头的痛
今天再次走这条路，仿佛那痛
还在，厚实的皮鞋也捂不住

而冬水田里的鸭子早已不知去向
一脸茫然
回想一年又一年，忍住饥饿奔跑在上学路上
我感觉自己
此刻正被一条新修的水泥路遗忘

深　山

我的父亲、祖父和曾祖父
都在深山
他们翻薄了的土地
等不来一场春雨
贫穷的眼神很瘦弱，也很胆怯

一屋月光
我不想搬出深山，让它陪着我的先人
在早上的霜上敲几下烟斗
锄头和镰刀就知道起床
把炊烟挂在山崖上

一挑晃荡
从几里地外起身，越过山梁和沟壑
一缸清澈原谅了疼痛和疲惫
但也必须省着一点
不让身体的寒气有可乘之机

一架木犁
因为饥饿翻耕徘徊
板结了的思想碰撞着石头
几粒鸟鸣赶来

不让叹息长出一点苗头

很苦的一面陡坡
"看到屋走到哭"
也可以翻过去
我的父亲、爷爷和爷爷的爷爷
已经不用翻过了

而已经知天命的我
山里山外跑
似乎还是和祖辈们
在同一片天空下

耕　地

土地的厚与薄
深耕细作，讲究的是风调雨顺

建起大棚，选择最适合的阳光和气候
流转
摒弃粗糙的劳作
不让一粒汗水委屈

小块的，虽然不能机械化
但必须种植更有效
让稻花落进爱情

甜言蜜语顺着犁头
长出坚守的信念
即便是乱石堆也有一棵树相信枝繁叶茂
坐在闲暇的石头上和日头拉一拉家长里短
那也是一块恬淡的石头

清除掉浮躁
石头建造起牛羊的家
起早贪黑的声音穿行在云端
正好是一些植物有效的养料

只有那些熬得住寂寞的人
才配翻耕出理想
五年、十年，甚至二十年，土地
不管贫瘠，还是肥沃
只有翻耕才会有适合生长的植物

村　庄

小路上的青石板已经生锈
引我走进村庄的草木摇曳着
风把我身上的尘埃吹了又吹
田坎上的豇豆和茄子领着我
在水田里洗了洗孤单

犬吠点亮的村庄牵着一头水牛
在月光下反刍。犁耙的早上
清扫了庭院的炊烟，然后拴在河边的老树上
化肥烧死的蝉鸣，挂在日头上
等待农药搭救田野的静

挎着书包的小鸟飞回来了
灶台上的词语抽出朴素的穗
扬花的夕阳领回一杯烧酒
绣在女人胸前的晚霞早已过了哺乳期
河流弯进被窝，就是一夜酣畅

那空出的一块土地收回了炊烟的喘息
青石板化解的矛盾落在桑树上
结出一个远走的果，腐烂在流水线
月光的薄在村头转了转
改变季节的瓜果和村庄脱离了关系

一棵树

有掌声铺设街道
从乡下赶来
树冠和枝叶都到了修整时
无雨。一日又一日
挂在树干的营养液
忘记了路途的颠簸

连根移栽到城市
气候的过敏性尤为明显
控制着树冠生长和枝叶的旁逸
土壤经过了精心选择

顶着一树黄叶苦撑
接受日复一日早安和晚安
中间的汽车尾气发不出一丝新芽
在小区，在街道、公园
依然身姿挺拔守护天高云淡

树下的花草热烈地仰望着
楼群挤压着的心，生出绿
窗口投来根须裸露
飘浮的光沉不到根须

被旁门左道牵引

当灯光暗下来
城市却不能酣然入睡
游离在虚无间
空气有些厚颜无耻
改变一棵树的生长方向

山 谷

用坚定敲打
谷底沉闷的空气是否回旋
只有攀登锁定之后
那不屈的草，早已把一个人的足迹
进行了有效分析

寒冷遗漏出来
山谷分开，又合拢
哽咽的炊烟浇灭了穿越的可能
石头陡峭的血脉贯穿
那经久不息的，是

我一次又一次在植物的分布中
找到一些慢的回声
洞悉鸟雀飞经的路线
在逃离人类的捕杀
火车和手机信号笼罩的山谷

有一段时间久远的生死
种在云朵里的车辆
和年久失修的心情
并不能和山谷保持必然的联系

失传的手艺和语言多么相似

山谷不需要过多修辞
石头爱着足以表达起伏
和迂回。可以发现雨也不是绝望的
即便阳光照不到的地方
植物也是蓬勃的

山　冈

还没醒来的石头就刻下
夜晚的奔腾和喘息延续到黎明
土地蓬勃表达一株株草
山冈上的那个人喊了一晚
风吹乱了连接黎明的路
脚步的东倒西歪与一壶酒
构成了山冈独有的风景

转换到下午，山冈
裂开的坚韧规划成型
把一场建造的革命运出山
坐在石头上抽烟的人看到山冈一点点挖空
如果可以稳固一个人的生活
石头走多远都是愿意的

在城市的地基改换混凝土之后
山冈就冷清了很多
一丛丛草在月光里发出的声响
丰富了山冈的表达和不舍
只有雨水懂得山冈的走势
顺着沟壑奔向远方

多年，很多人离开又回来

一棵棵树的注目礼已经长高

石头和土地分给父辈的日子

蜿蜒和绵长

露　珠

穿在身上，一滴就是一个世界
晚霞独自越过菜园拾起
我还有多少遗忘了的事情来不及做
蝉鸣化作祈祷

草尖已经挂不住
花一瓣一瓣褪去
在方言的差别里站得太久
露营的消息走了
我还在这片草地等着身体里的火焰

向下的露珠根须越来越多
盘绕在山梁，或者洼地
弯下腰，听草拔节
露珠在水泥地面，在玻璃上
也只能是这个世界的遗孤

纸质高速

精致的生活需要便捷
更适合快速情感转换
地图上的两个城市彼此相爱
车轮上的分秒都很珍贵

古代的一封信已经滞后
专注的字和人一样不会被沿途风景迷失
纸质高速考量
一个人的感情是否可以快速运转

平坦的纸质高速
一具年久失修的身体仰躺着任时间抚摸
褶皱里的孤独替我掌控速度
轮子写下的急迫比心还要快

事物消耗
道路扩建，河水收紧
高速公路
保有古代的从一而终

冬水田

他在一株草的贬值中
成为药铺里的引子
牛在田埂上摇着夕阳也是过去的景象

缓缓走过
炊烟已经找不到房檐。那只穿了短衫的下午
树上的苹果摇晃着这一生的渴盼
直到他控制不住地冒出一两株青草

草尖上，鸟鸣透明得一针见血
小小的一滴足以让他丢弃犁耙
新土和旧土的粘连度到了极为危险的境地
大片大片的水蓄满之后
阳光恬静，花草闲情

禾桩上，也许就是他这一生要守候的
东倒西歪也不妨碍立传

村 小

那块平地的启蒙
是那些年的读书声和欢笑
填起来的。母亲送我
上学的那个早上，斜挎一书包阳光
在黑板上的笔迹写下了母亲的希冀
忍住饥饿将一个饭团塞进我虚弱的身体
这么些年，村小学校
残留在我身体里的晴天和下雨
交给了那条长满荆棘的小路
蚂蚁和蜻蜓时常描画出多彩的天空
起承转合的泥巴墙和石墩稳固了我的脚步
拴过月亮的旗杆，一次次唱起心中的歌
母亲一辈子也没离开过
执意要在后山，择一方地入土为安

月下的河

很久没在河边走走
河在轻声呼唤，卵石和流水
比你的声音还要柔软
孤独在那一刻打着旋

夹在群山中的河
月光先是投到山坡和悬崖
然后再折射到河面
粼粼波光，河一下就活了

只有我坐在河边
捂住胸闷，不让河水察觉
河里的水泡，是谁下了药
翻白的鱼吐出有味儿的气

很久没人来，荒草也枯了
农药和化肥也没救活河边的树
稻田在月光里抽出一丝丝疼痛
风吹着一河惆怅

流水不腐，月又回来了
两岸的稻田开始抽穗，扬花

稻香铺设在月光下
河水发出欢快的笑声
捡拾卵石，掷进河里
那一圈圈涟漪谱写在今夜
就是一阕恬静

木 器

小巷的夜晚，拐弯处
搁浅了一些月光，像汁液一样浓稠
风吹不皱。蹲在屋角的
木器很久没有打开

秋天就这样，翻出一件件的记忆
纽扣的余温，落在体表上
与木纹多么吻合

时间的表盘，站着一个人
齐腰的长发垂到木器上，油漆
蔓延。而后飞鸟离开
花草凋谢

刨和凿，先于木器丢失
生锈的年月，油漆一层一层脱落
伤口吐出我的抚摸
粗布摩擦的声音，在我手里
也是柔滑的

祖母推算出
从山上来到屋里的过程

汗水浸透木纹，其间风的声音
灌满夜晚。不屈的种子
发芽的乳香不会失传

我打量着木器
有一道白色的光迎接
旧物件需要一个中年男人爱抚和欣赏
灵魂就不会漂泊

露台上

三楼，有个露台
我在手机里看到
蔷薇、天竺葵和满天星很努力地生长
每天取出芬芳安慰我发呆

花和叶子的焦渴，不时
挪动。不让它们遭受大雨的突然袭击
更不能接受太阳暴晒
她的椎间骨受伤，我粘贴的那些日子
她说还是隐痛

花瓣一天天吐出我的担忧
整个露台填满了她的闲暇
掌管每株植物的积极态度
一米，或半米必须有效控制

视频里的雨和太阳
我遇到过，说来就来
整个露台，她端坐其中
告诉我，她买了个好房子

从露台看出去

山青天蓝，流水顺从于河道
偶尔一辆汽车穿过宁静
也不会惊扰到露台上的花

坡　地

朝霞，高粱，或者玉米
以高昂的身姿，和我站在一起
阳光在灌浆，雨水饱满
坡地穿上斜襟，露出
土壤的母性，和若隐若现的气质

小麦和豆荚披着霞光
一粒粒垫高坡地，下雨，或者刮风
裹紧的日子吐出一片嫩绿
每片叶子都向着太阳

这片坡地多么幸运
果树的到来，谁也不会忘记挺立
挂果趋于鼎盛，我不时修剪，让坡地
更肥沃，持续生长

沿着坡地，向上走
风过之处，便是故乡
童年就是在果树上长出来的

山梁上

石上的风，脚步更急
挖地的月光，直起腰来找不到火把
牛背上的少年去了外婆家

山梁落下的期盼在一年年地长
高过云朵，少年更替
青春的阳光在紫桐和山茶之间奔波
中年的雨水，年复一年
只有树一直在坚守，想不到
这个冬天，开始了光秃

幸好，有移栽的大棚
山梁开来一辆辆车
石头和风打造出一幢，又一幢
山野民居

嬗变，立于山梁
一棵棵树的伟岸引来更多闲暇
梦境冉冉升起

田　坎

田坎，不适合
栽种棉花和蔬菜、月光和爱情
田坎那么窄，只能容下一个身段

挂在田坎的那棵柿子树上
像一段很小的往事
我望了一季又一季，还是没能
把炊烟留在身边

田坎被那些杂草挤占，抽出遗憾
也许田坎更像肋骨，支撑着
柿子一样的圆润生活

弯腰的夕阳，捧着寂静
一坐就是一个下午。湿润了的声音
再次发芽。月光落到脸上的时候，风也跟着
裙摆却长出了鲜嫩
不管我走多远，田坎也不会消失

绝　壁

没有人可以，站在时间之巅
操纵事物，不能进退的现实寸草不生
只有蝉破例，紧贴绝壁
草和树抱紧，也屏住呼吸

乌鸦在下坠，撞击农耕时代的
纯天然性，祖先不为风向所动的决然
山势和峭壁互为参照

当绝壁移栽到城市，高楼
悬空。一扇窗推开
身体的飘荡，疼痛也会瞬间消失
可是，我还是看到了
薄如蝉翼的衣物飞出宿命

有一种声音在穿越
手感和视觉效果超出了指向
这一刻的光洁很圆润，具有的
张力和弹性很准确地表达出了神性的创造
我的仰望由下而上
这是世间唯一的完美存在

变异的月亮

月亮，时过境迁
已不是从前。菜市场排队
严格查验，即便上班卡也不得入内
月亮改变了几千年的温柔，气势汹汹地
发出指令

对不起，今夜的月亮
不是用来团圆，而是思念
铁皮高高竖起，神圣不可侵犯
站在阳台上，看
有人掩耳盗铃

变异的月亮
不再是苏东坡笔下的那一枚
置身于城市丛林，交织的爱恨情仇
保持有效的间距
更不能妨碍利益的飙升

不用向尘世道歉
喇叭一早响起，涌出来的人
月亮已和人间脱离了关系
昨夜的月亮在今夜
只能天各一方

悬　崖

树和风构成的
陡峭，越不过去
两脚站在边上打颤。指向绝壁的枝丫
我够不着，那绿是一种假象
岩石在风化

鸟鸣也站在悬崖
瀑布到来，候鸟飞起
比树木高。而树正弯下腰身接受
风声的指引，那些水珠的
粉身碎骨足以捍卫

石桥横空出世
披挂辽阔。一棵树的屹立
有不可取代的世界观和语义
在词根深处跋涉
千里之远便可绝处逢生

我和石头站在一起
托举起的天，牛羊跑进云朵
放牧的时间越来越短
其实悬崖就是一只高脚酒杯
转身消失在苍茫大雾之中

公交站

不可预知的风
弯曲地，吹到身上
没有一缕是雄壮的。细腻的纹理
涂抹了感情色彩

等待置于虚无
我要乘坐的那辆公交车，望眼欲穿
只剩一个个地名，坚定地站着
阴雨的笔画，缺少阳光
发芽的字体不断纠正我的路线

也许下一辆
就是。我一辆、一辆地数
中转，又变成了起点
站牌也有不能承受之轻
弯下腰，字体也发生了模糊

我怀疑
这是一个废弃的公交站
焦虑的空气越聚越多，有人离开
有人赶来。一辆公交车停下
门好久才打开

斑马线

有人走过去了；有人
没有走过去，像一片雪花
消失在路中央。刹车片的制动有善恶
一个人的魂飞魄散不是一条线可以拦截的
人终究不是一匹马

一个人如何行走，是有规章的
放下欲念，才可通行
心怀鬼胎的人，是不适合站在斑马线上的
交通信号也有失手的时候
发软的声音，在身后会冒出一身冷汗

红灯，我等候的
是时间，那不可逾越的鸿沟
静止的代价，不应该是生命
快一步，慢一步，斑马线前的等待，是一个人最好的秉性

地铁之门

抬头的一瞬
从南到北的地铁开了过来
灯盏发出的丝质感迅疾打开
窈窕迈出门，扑鼻的香气
直抵内心的颤动

高跟鞋敲打地面的世俗
扭动的步伐加快了夜色的进入
胭脂的尺寸和角度在胸口
已经破除了传统审美
那是一道圆润之门

眉梢挂着的，是妖娆
生出的清澈在人潮中脱胎换骨
那轻缓的节奏就坐在我身边
抖音里开出的一片叶子，加持的绿
盖过苍白。更远一点

是将要关门的闪灯
来不及犹豫，一个箭步冲出去
不然，错过的
不仅仅是一个站，还有不可避免的心慌

雪

创造的先天性
我想扫出一片空地，有时
雪只想停留在树梢。某一刻
坠落。转瞬不见了。持续到夜的深处
衣钵早已脱胎换骨

纷纷扬扬的，只是尾声
有月光更恰当。向火焰进发
大地隆起
停靠在我的唇上更烈

化不开的声音
勾画出山与河流的关系
用一条弯曲的小路注解
留不住的脚印烧开的水

淋到春天的头上
那些草也会发出狂喜
转眼就到了阳光一样薄的时候
穿在身上，一片片雪
融入我的身体

木 椅

一张木椅在回避坏掉的
天气，湿度愈加深刻
木纹里还有多少思想没有呈现
扣紧事物的本质，铆钉不会生锈

也许我可以借助木椅，登上
更高的层面。但那时间的划痕
掩盖不了一圈圈年轮的久远
从河中漂流的那些日子，我一截截地
打捞起来。现在不管谁坐

有一种冷传递
天长日久的晾晒还是没缓解
高档的油漆以华贵掩饰木椅的紧张
轮廓分明足以表达身份

很多时候，木椅
签下一个个钻心的字，加重了紧张
那个坐在木椅上的人难以起身
一旦离开了木椅，身体和思想又是虚空的

我需要一种过渡
让夜晚安静下来，木椅也会得到心安

南　墙

向南的一面墙
我绕过，小巧的砖，从泥土
转化，所要经历的烈火
铸就这个世界的难以启齿

涉水而来的人
如一朵开在墙头的花，那些
忍不住凋谢的日子，穿上枣红色
手中的珠子，串起

面色红润的南墙
还是不能忘却，远道而来
我握住的那段光，吐出的
木鱼声。一次又一次地敲

当最后一片雪花落到南墙
不远的柳枝指引我向前一步
河水解开胸衣
就要发芽的声音，在墙根
洗涤我那被尘世浸染过的灵魂

铁皮，铁锁

可以阻隔的，不是墙

一个人能挣脱的，也不是墙

只有烈火的困住

寸步难行

苦丁茶

那面山坡，清风
已盘踞多日。采摘下的绿
浸润过我的生活
煸炒之后的日子，每片叶子还保有着
鲜活的勇气。一旦泡在水中
沉沉浮浮的，苦其心志

整个夏天，我都在清扫小院
让那片空出的地，搭上一个凉棚
从泉水里取出一些闲暇
泡一杯苦丁茶，端坐在晚霞里
读山脉的起伏，肺腑间
贯穿清爽

辽阔的夜晚，我如一片叶子
盘旋在噪声里，久久落不到地上
微信的视频信号，传来遥远的画面
说起向阳和背阴的山坡
土质有明显区别

一只停在叶面上的蝴蝶告诉我
苦丁茶的疗效就是一个人对生活的态度

这种美好，可遇而不可求

优雅而简约地抿上一口，也便三生有幸

第二章

气候和风向

割韭菜记

田野已经绿得很忧伤
那片韭菜从地里长出来早就等不及了

拽住一把韭菜，请不要连根拔
另一茬韭菜
还要从刀口上长出来

改嫁到城市的阳台上
瘦小的身躯近乎孤独
但还是一茬一茬地生长
长到我想要的模样，还是故乡的味道

省去翻山越岭，顺着阳光
割一把，做成馅儿
便是一个人的团圆

草木寄

这是最好的
寒冷吹到骨头里，一丝丝纹理
点燃。陡峭的风越过沟渠
河水涨到很高，有月光
褪去玲珑

我还是以一棵树的姿态抓紧
泥土保持的温度和善良
存活下来，每一根枝条才会蓬勃

我向雨水借来不眠
夜晚拔节，一点点高过迷雾
即便喘不过气，我也不愿低下头
微弱，是我最后的一点力气
只要有一捧土，就可以向着山野出发

剔除城市、水泥和钢筋的禁锢
每一寸干燥栽种虚无。多么辽阔
夜晚褪下伪装，阳台对应街道
失魂落魄的尾气穿过
驾驭不了草木

低处的路边，身段优雅

高处的风，寄出

人间可以中和，我还是信任木筷子

不管走多远，都有小时候的味道

深山的麻雀

叽叽喳喳

闲庭独步，不与人敌视

选了一个晴朗的天进山

麻雀们一会儿在树上开会

一会儿又转移到地上

是否在畅谈生态环境

还是在赞美和人的关系

一只麻雀筑巢晚来了

昂扬着头听得似懂非懂

转头看着在地里干活的人

扬起的锄头不小心触碰到了云朵

麻雀飞到另一棵树上

目光清澈，叫声悠扬

河流也歌唱起来

沿着哗哗的流水声进入梦想

深山里的麻雀不需要灯火阑珊

停歇在树上，或者草丛中

尽管简陋的鸟窝，但有温暖

不去与人争抢地盘

进　山

喊一嗓子，仿佛山也被削矮了一些
靠近中午，公鸡在山坡上围着母鸡叫
松毛铺上软绵绵的阳光，把羊赶进山
流转的心情青草一样高出我的想象

一面坡就是一笔丰厚的收成
计算好了的阳光和雨水的剂量，必须精准
东山是牛，西山为羊
向南的沟壑，适合放养山鸡

小树和虫子都有不可估量的价值
天麻和三七区分了山的功能
修进去的路载着皮卡车停在父亲的坟前
燃一炷香，告诉老人家：深山里住着神仙

视频从山上投射
到山脚下，牛羊和鸡鸭撒欢着
喝纯天然的矿泉水
偶尔来几个摄影的，或者画画的朋友
把山里的稀奇都吃上一次

喊一嗓子，山谷、沟壑……
也跟着在喊

像鸟儿一样飞在深山

像鸟儿一样飞在深山
一棵棵树就是鸟儿最好的落脚
我去过的山外，如一个个补丁
在深山时常裂开线缝，光就漏了出来
溪水睡眠不好，流过日夜

斗笠和犁头跟着晨曦走在深山
一把光挤得出水，那是身体的一部分
一块岩石等了很久，当月光轻轻盖在上面
你怀抱的琵琶弹响大地的肌肤

老木匠在雕花的木窗前
将一顶草帽挂在夕阳里
深信一架犁头对土地的崇敬
空洞的深山一下子填满了诗的味道
溪水从头到脚淹没在了世俗中

藏在褶皱里的血气方刚夯实了一面墙
夜晚归来的一声"吱嘎"
灯盏拔高了心跳

落　日

嫩白的草尖扛不住夕阳的红，落在水田里
新修的鸟鸣踮着脚尖打探城市消息
点了一支烟的阳台吐出新鲜的花朵
快要烂掉的土壤怎么也喊不出一句唐诗

加快了暗下来的脚步和胸口起伏
我所知道的山脉亮出圆润
水田的尺度撒下的农药和化肥不能掩盖
耳语缭绕。学会了游泳的夕阳

水田已经不能施展山谷的回荡
托不住抽穗。扬花的饶舌，铺了一层水泥
粘连度尔虞我诈
还是想把夕阳修在山冈

水田生锈了
插不下一株秧苗。歪歪斜斜的黄昏
宽阔的庭院煮着一个人的心病
唤不回一缕炊烟。燃气灶设计的点火
不是夕阳做的。

我用一些汉字来蒸煮爱情

胃口贫瘠。打了催红素的夕阳靠灯红酒绿而活

一条过度膨胀的河

躺在村庄的胸膛，鼾声的顽疾是否可以优雅一点

刀　鞘

刀的锋芒太过尖锐
很多时候刀不在刀鞘
刀在这世界替天行道

不为月光的柔软所动
蓄满雨水的刀鞘尚理解不了刀
整夜整夜亮出刀锋

锋利的夜晚，刀的行事
只因为刀鞘的前途越来越迷茫
刀鞘装着不愿熄灭的夜晚

疼痛涌出刀鞘
刀在生活中需要刀鞘规避风雨
很多时候我都无处躲藏
一道道伤痕的鲜活也不失从容

刀鞘也并不能化险为夷
悉数交给时间
炉火锤炼，锁住刀锋
不用猜测露出锋芒的动机

孤独者

江水已经远去，它有无限
宽广的大海。烈焰，冷唇，孤傲
冲刷很多的石子。摒弃艳丽和静默
我只是其中的一枚。遗落在
荒滩野岸

城市的浪潮席卷
很多时候我都像个小丑
发疯地努力挽留江水
那么小的石子，混杂在江水中
以为就是江水的一部分
石子付出艰辛，也没有一朵小小的浪花

江水把石子推向荒滩野岸之后
剩下苍茫和辽远
江水推崇静水流深
我终究只是一粒石子深深地被淹没

我致敬江水勇往直前
致敬荒滩野岸接纳我
越来越远的江水
只有寂寥陪伴，呜呼，我只配是个孤独者

很多鸟都不认识我

很多鸟都不认识我
屋檐下一则消息控制不住
一棵草的走动，在衰老的路上
鸟鸣挤不出一点阳光。阴郁的叫声
沿着台阶向上

跌落下来
鸟扑腾着，翅膀擦伤了天空
一朵朵乌云奔涌而来
收紧的树梢在摇曳
我忘记一瓣瓣花说过的话

炊烟升起的童年，已经枯萎
甩着尾巴的狗快要老死了，眼泪汪汪地
看着小河穿上绣花的短衫
卵石凸显的下午，在山的曲线上
望眼欲穿

盘旋着
麻雀混在鸡群中，争抢食物
弹弓瞄准，事物的复杂性显露无遗
我隐藏了血型、星座和爱情线
很多鸟都不认识我

指　认

进步的雨水说过
爱情在一张合影里出现的时候
彼此的眼神充满了骄傲

身体里发出的声音在第三颗纽扣下
握住落日
于凡心，相信精神的尺度
闭目冥思
相爱简单得不需要理由

消息传递仿佛一面大海
不向任何一滴水道歉
用飞机和高铁旺盛的血液浇灌
每一个日子的生态生长

坚定的植物可以软化生活的僵硬
英勇的爱
就是一匹骏马奔驰在辽阔里
凝视着这个世界的冷与暖
把身体插进去
花朵满天

身外之物

生不带来死不带去
在高度的哲学里成为一个人的生活
灯光退到隐秘之处
思想里装满了困扰

自命清高盘算一天的雨下到何时
阳光自然不会在黑夜里有任何企图
门窗紧闭但锁不住灵魂出窍
手机不断闪现的名字揉碎了我的一腔热血

生生死死的字握在手里
金属的质感保持着静默
说过的静水流深和水到渠成
生不带来死不带去

我是故乡的一首诗

故乡蘸着日月写下我
十年寒窗，多想发表在城市的版面上
落地有声的字，意象强烈

寄出那么多年
深圳太花里胡哨哪容一朵苦命的花
北京太堂皇我不敢停留
……
辗转那么多城市
诗句已经七零八落
也许是自己的脱胎换骨

擦亮晦涩
再一次修改
故乡不仅长出稻谷和高粱
还有水果嫁接更适合的有机蔬菜

意象和语感跟上时代的脚步
三七和鸡鸭间种在故乡
放养一群活泼的汉字
山水构成的意境引来凤凰

我的骨头有金属的火焰

镶嵌在城市，就是一首故乡最值得骄傲的诗

城市环卫，建筑工程师

涉及各行各业

故乡的诗占据着城市版面

我扛着一头牛的孤独

城市不长草啊，我扛着
一头牛的孤独穿行
阳台上从故乡移栽来的草花
早已枯萎

楼下的口音就是一捧土
语病的下午
死于一头牛的横冲直撞

灵魂的小号不断吹奏
蹄声落进填满了雪的旷野
牛已经老了

但孤独依旧
牢牢抓住光
软禁了青草的向往

最后的餐桌
点一支烟犒劳
一缕缕孤独就这样弥漫在城市

但牛不见了

骨头也被时光收走
残汤剩水就是一粒粒孤独

日后的每一天，我
都扛着牛在城市
走着走着
我就是一头牛

圆明园留影

残垣断壁走到今天
不仅是一笔历史，更是
废墟上的花朵
多少风吹过

我站在这段历史前
弱小得如一尾鱼
亡灵伸出的手也不可以重逢
爱恨的这一页

一个只会做梦的人
在圆明园留影
一言不发的历史
在蹄声里越来越远

而今，那么多城市
重复统一的格局和朝向
包括装修风格和使用材料
在精准的核算下

为一座城市刻下了墓志铭
风受过污染，雨也

在现代手段的控制下
撑起一片蓝天

月光照到山谷

压低嗓音，转角处
砰然坠落山谷，不能回应月光的柔滑
山谷荡漾，遗失的人如植物
更希望月光婉转照到

南方的腰身趋于窈窕
有陡峭匹配
探究谷底的溪流，把风声抚养大
月光亮出石头的圆润

手感的暖足以饱满
这是一棵松所需要的力度
梳理过的植物和气候
很多人都不在谷底

藏身于山谷
月光也难以化解岩石
奔波在生活中最亲的人
而那灵动的内心，淤积着酷暑

去不了北方
我只能是一株迁徙的植物

在山谷，一声声鸣叫贴紧天空
缓解月光过于紧张的疼痛

剥洋葱

外面的雨已退无可退
洋葱发出的声响
到了夜深人静
实在难以忍受雨的困扰

一个洋葱裹着夜
并不光鲜的外表
雨水冲刷着无尽的不眠
我一层层地剥

把白天剥出来
雨水敲打的声音剥出来
把风也剥离不让雨声侵蚀
保持一瓣一瓣洋葱的鲜嫩和细腻

也把我的泪剥了出来
不管洋葱抱得多么紧
那一瓣瓣也就没有什么秘密可言
洋葱仅仅是在生活里调剂胃口

雨水记

学会独守，或者顺着屋檐去忘记
按照土地的分类，一分薄田和一分厚土
饮用。各不相同的流经

叶子在树上，与根须的距离
刚好垂落下一滴雨水。湿透了的天空
倒映着内心的渴望

再有一滴，我就承载不起
夜晚里失重的消息。只有那不能回避的钟声
一下、一下地撞击着

空阔的雨水。我想收走
从骨子里溢出来的冷，又不得要领
直到灌满黎明，我也捂不住
雨水的磅礴

野　生

不规则的风，是野生的
相遇的尺度有夜晚的甘露
自然而默契

这是顽强的理由
三年五载界定得太死
望闻切，一搭手，便可
洞悉土地的厚与薄

激荡的流水也是野生的
知晓水到渠成
早年的成昆铁路父亲没有见过
结冰的消息至今没有融化

有一年我经过
途中相遇的人和事
早已腐烂，也成了野生的

豹子和蚂蚁
对视荒野，依然停留在三十年前
寂静的野生植物抬走了父亲
我也是野生的

这么多年
一词野生在城市高楼穿行
衰老的根须被水泥和钢筋禁锢着

膻　味

走下山的一只羊，退到河谷
血水浸染过的山峦，又
多出几分苍茫

柴火点燃的夜晚
围坐一团，整个夜晚都有膻味
关闭了的门窗透出
烈性的花儿制造的冰块

解开月光盛满的酒
青稞酿造的夜晚
膻味环绕，我一饮而尽
打坐黄河岸边

几钱黄土的信天游
时间的斤两剔除羊骨
那一鞭夕阳该是多么茂盛
我舀一河烟熏火烤
取出土丘和山峦
起伏的草啃了一夜

只有马的嗅觉有敏感的触须

鹰翅上的划痕

隐隐出现的时候，夜就凉了

剩下我远眺

摘桃子

运用到极致，一棵桃树的高度
就是一片天空。栽树、嫁接和打枝
都是额外的。天气改变了
桃树的生长周期和挂果时间
栅栏在我的理解里是有关小人的

桃花开后的那片天空，小心思
早已萌发。站在树下望着鸟影掠过
一朵朵桃花，距离桃子
有不可省略的过程。气候
在倒春寒里，一再规避风险

但桃子的状态，还是凸现在桃林
每一粒都很可喜。口感和汁液
经过精密推算，以圆润
以饱满，也就有了显山露水

不管是趋之若鹜的人，还是
近水楼台的人，对于摘桃子
不用递上梯子，便唾手可得

一些让人喜欢上，也很善于

在桃子成熟时先声夺人
顺理成章的手法无懈可击

天要下雨

天空闪过的念头
藏在雨水里，谁也看不透
粮食惊恐，把头埋得更深
风吹宽了的田野，就要消失

树站在生活的制高点
心脏和爱情，捆在一起
雷声滚过，天空又薄了一层

胆结石的雨点在裙摆上
痛得直不起腰。已经没有人
相信裙摆是来修饰身体的
满坡玫瑰早已有人
守候在早出晚归的路口

传说高出歇后语，我用什么
来甄别蔬菜。季节的刀下手狠猛
不留一点刀痕，对树的纹理
承担所有的不适

如果这是可以抑制的自闭症
下一场雨又是何其浪漫

把天空洗了又洗

就有一道蔚蓝接近大海

枯竭之火

山野备好了婚床
茂盛的植物暗自拔节
举高的夜晚有香水浸润
一池涟漪酿造火

门虚掩着
推开人间的复杂性
我要描画出火苗的亢奋
手法和笔力给了一道宽衣的门

小鹿的手感很坚实
伴随着婉转，我一步步深入
舌尖上的火取自辽阔
风越刮越大

唤醒枯竭之火
向下滑动，每一寸土地都值得研习

修长的领悟可以更深入
不必多虑，尺寸的引导急迫而紧张
只有这火的绚烂是考究的
以浩瀚之势撞击，方可

不速之火

落日下沉
压疼的风，吹进我的骨头
石头上那个人胸腔里冒出火
不说话的样子就是石头

河水漫过
不速之火更辽阔
噼里啪啦的夜晚就是一团火
把旷野烧得通红

石头和石头撞击
我就成了飞蛾
扑在火上冶炼内心里的那把剑

药性植物

把时间放进去
疼痛就会被挤压出来
风在植物的根须上回旋
不给自己留一点余地

蒸煮，整个过程
散发出围困，揉碎的下午
我站在植物中间
来不及呼吸
雨水稀释了植物的药性

热敷出血的时光
还有一些余温加持
淤积在体内难以解救
终究还是根须保存了药性

血受到的伤害融入植物的分解
时间锯齿割断了风声
野生的气息在那块土地滚动
热敷红肿的灵魂

失效的夜晚

植物难以拔节，一节节风
沐浴春天
我找到了那一株还魂草

植物命

所有的茂盛都有无穷尽可能
草尖上的露珠允许光线折叠
换掉旧的生活方式在草叶上摇曳
风是草最生动的尺度

灯火里死去活来
提着春天一则单薄的身体也会发芽
洗衣做饭归咎女人最自然的状态
而夜晚在女人的身体里是一条澎湃的河

承受道德和时间限制
草发达的根系
在叶的回家路上原谅平淡的一生

我看不见的波澜草从不掩饰
推土机行进也不用两肋插刀
一大片的草来不及悲伤就被封冻

绝对优质的江南多汁的夜晚浸润
喜鹊的树枝有足够的高度伸向辽阔
青梅竹马的两片芽不用言语道明
身心合一

观点移植

起风了
请允许我分辨出草木的品质
生活的琴键穿行在黑白之间
风就是连接线

那些夜晚的杜撰亟待纠正
风越过山谷与河流
天台上的星星闪烁着
一次次握住我的命脉

垂直下降的消息躲进电梯
难以改变运行轨迹
可，摇晃的江水一再改变流向
当我触及
草木的生长已经脱离了季节

落日并不是没落
风将我移植到湖面
也无法剥离灵魂
湖水堆积起来，是那么辽阔

春风已过

田野剩下来不及发育的草
弯腰勾头一言不发
去城里的车装满了不舍
在颠簸的日子里一次次熄火

存在手机里的名字删除之后
就是一片空白再也没有炊烟升起
雨水在城里浇灌不出一朵花
独自站在阳台上弹掉灰暗

越穿越少的夜晚，不但饱满
还透着火的辽阔
一屋星辰沿着曲线闪烁
春风留下的足迹回不了城
钢筋和水泥更是开不出花朵
城只是躯壳，公交转乘地铁
不觉转瞬春天已过
窗外不是冷雨就是燥热

涂抹在身体上的润肤品和防晒霜
在发生化学反应
遗失了春风，只有干燥和不适
我又如何唤回春风？

声音剪辑

春风在强迫花草
施展的魔法已经上升到敏感区
衣襟脱离裙摆
潜伏到夜里，一定要经过修饰

声音淹没了的夜
剪辑一段白云，就有辽阔
风不能涉足的地方未必是净土
草到了山穷水尽自然枯萎

制造的声音固定在一种模式中
剪辑的运用炉火纯青
声音里的雪覆盖了整个世界
鸟语辞退静谧

貌似完整
又不断出现裂痕
东拼西凑的日子丧失了生机
囤积在雨水里何止殃及池鱼

早出晚归
也只能在钢筋水泥的构造中

当然避免不了脱轨

剪辑了，再剪辑也必定哗然一片

挖　土

我相信这些土
滋养的时光很有限
把它挖出来填到大坝上
就可以计算着时间延长

层层夯实的现实
不留一点缝隙引诱思想
堵死图谋不轨
土就坚实起来

坚实的土是一道防线
皈依水的野性
无懈可击的意志加固之后
挖土不仅挖去身体的赘肉

还实现大坝有不可瓦解的品德
土质的粘连性就是一个人一锄一锄挖出来的
雨水顺着大坝囤积起来
可以缓解干旱
也就挖出了生活的成色

泄　洪

更多的水，不安于现状
积压在心口，就必须泄洪

究竟哪些洪水会走到哪里？
就得看造化。水库
字里行间规划了泄洪渠
有些水是不能肆意妄为的

生活的缺口早已填满
变暖的地名在稻田里抽穗
驾着车的水碾压着船舷
我已从课本里走出了刻舟求剑

陡峭的声音在接连不断的雨里
通知下游的庄稼
临时的抢险，站在了水位线以上
生命的警报拉响泄洪

我要减缓泄洪的冲击力
向冲锋在前的云朵道歉
疏散语言的后遗症
用灵魂的钉子钉牢词语表达

小麦来到山冈

挖掘春风

小麦来到山冈，几粒

虫子吹皱了夕阳

河水顶着小剂量的烟火

冒出的水泡，要大于麦苗的绿

门口的山在远眺

田埂上种下的南瓜在牵藤

山的臂弯听到了我的脚步

午休的小麦停靠在树上

还有一些芽在等待鸟鸣

酣甜的泥土突然醒来

风裹着很厚的衣服

一再掩藏了怀孕的消息

灌浆的声音高过土坡

就是五月。我出一次远门

引来的江水

飞机转乘高铁。我看到

不远处那一株小麦开始抽穗

摇晃的身躯忍不住呼吸的急促

唤我一声，握住山冈上的风
那一夜分娩出的江水
也是绿油油的

下霜了

月色走失，我
也孤立无援，泛白的大地
仿佛是失血过多的妇人，直不起腰身
老态龙钟的草低下了头
抵不住霜降

远处，石头在化解阳光
风吹枯草，入骨
下霜了，手脚僵硬
声音也在结冰

命运的枝条挂满冰凌，不给寒号鸟
留筑巢的机会，流水运转在身体之外
霜填满人间的沟坎
每走一步都得小心翼翼

植物们仅靠儿片叶子呼吸
那么多人飘落，也无人施以援手
从麦收时节下到稻黄
霜已是人间常态

干　燥

很多人都走了，夜晚
翻出记忆，橘子和苹果在夏日的旅店
领进一包香烟，其中一支
在尼古丁的抚慰下
猜测我，是不是
拐进了山里，遇见的潮湿
正喘着粗气

隐居在山中的人，不怕被雨水玩弄
晴不晴，都是一天
只想等月光来脱下朦胧
裸露的伎俩小于约定
更不等于点燃的烟，从春天抽到秋天
尺度分叉的部分，就是我
探究时光的利器

城市的胭脂涂抹上火焰
隐藏在阳台和卧室发动风暴。手机里
长出白玉兰和郁金香
在露台上凝望江水，我的身体
一点就燃

理 发

头发乱蓬，很久没去理发店
门前的杂草，从我的脚下长到了镜子里
那双楚楚动人而疲倦的眼睛
给我一个微笑

拖着焦虑的影子，迈进理发店
门外的工地推土机也开过来
电剪在我头顶推出空旷
师傅一边剪一边说：
"这些年好多人的头发少了，也软了"

剪刀、吹风机
和很少使用的剃刀，刮出一片凌乱的脚步
酸痛的腰，每天要支撑
生活，不时有等待理发的人插话
有些事须修剪之后
才可呈现一个人的精神状态

走出理发店，天空下着小雨
湿了的头发，因为短而立起，生活中要一场雨
冲刷掉一地的污秽

露 营

霉变的气候熬不住城市的封锁
太阳的高度已经够不到云朵
有一些来不及关心的植物
并不能稳固水泥和钢筋的结构

一心想逃离，躲进山中
吸收一点山的灵气。帐篷在月光下
先是点不燃记忆，后是
夜露加重了身体里的寒气
骨节软化的迹象愈来愈明显

揭开城市的天盖
像蚂蚁一样找不到一处躲藏
催红素和农药支付了一夜睡眠
醒来后的阳光的高度超出了想象

灵魂在旷野，裹紧月光和石头
风的入口，有温差识别等待我失去耐心
下沉的河水，淹没了
我的回程。卡在月光里的我
露水湿了帐篷收不拢的小心思

小院里的月光

犬吠在墙角
一声声叫得月光也发慌
犁耙生锈的消息洒落一地
憔悴的树不愿放下委屈
高过了屋檐

一段月白的往事
清扫了庭院的烦躁。锄头和斗笠
隔着时光私语。一曲流水绕过
耳门投来的光泛起红润
石头垫高的门槛越过秋色

翘首期盼的远山，托起
阴晴圆缺，点燃灶膛里火苗烧沸的日子
遥相呼应的山坳
柔软的丝带在门扉飘荡

几年不见，亭亭玉立
呼之欲出，凹凸倚门而立
颔首羞涩的小院，生出几分恬静
伟岸的树的劳作很皎洁
解开清欢畅饮

起风了

村口，歪脖子树
领来寄居于城市的风。山、河谷、坡地
穿上了丝质的薄衫
花草敞开胸怀，嬉闹着

困顿得太久，风在城市
对设在角落的南墙和窨井
不再敏感
木讷的影子，穿行在汽车和高楼之间
潜意识的躲避，沾染上了市侩

起风了，一路奔到乡野
经树梢的洗涤
思想的山梁，和语言的水坑放下高傲
所到之处，绿意葱茏

矮下去的流水，涟漪
抹去陡峭。落在洼地，大地的沉默呼啸而过
不为所动的石头，垫高意志
怀旧的裙摆，行走在风中

山谷是风的甬道。绿植一再过滤

城市的浮躁和烦闷

五谷丰登，环绕着果香，远一点的脚步

刚好跟上晌午的阳光

围在脖子上的河流自然

多了温暖

插　秧

机械化的现实，插秧

首先要弯腰，躬身，低头，以退为进

那片水田躬耕的日子在两个指间

阳光也在指头，风和雨

也不例外。卷起的裤腿

露出月白，哺育孩子的双手

顺着时令的指引，扎进深深的泥土

穿梭于秧苗的昂扬

不可能居住在城市

落进心田的朝阳与晚霞

偶尔站在田坎上，抬头

圆润的日头就在胸前，喘息

山的背后，河流也赶来

水下的微生物维系着人类的营养

插完最后一株

对于衣服和裤腿上的泥土

生活不断进化，才知道大米不是结在树上的

长成一株株期盼

这是一个女人坚守的秉性

用坚韧扶正那些秧苗

不管是弯腰，还是抬头

都是晴朗的天空

采 摘

中年的黄瓜，不能在藤上待太久
路过的鸟也知道。一眼瞄准就有些忍不住
风使劲灌，我伸出的手
触摸到瓜的纹路

并不是走投无路
瓜熟蒂落本身就有一种冲动
顺手采摘，不管日后果实是否能保存
都是一种拥有

我相信那些沉甸甸
不经过修饰，也知晓质感的天然
经受不住农药和催红素
再向前一步，那些远道而来的人
园子里采摘的
是一天的好心情

到了黄昏，瓜果跟着一群人
由三轮车转到公交车
满满的采摘，喜悦挤坐在一起
说不尽的话落在地上，期待来年发芽

掰包谷

一个人的到来，改变了
山谷的陡峭。并不是开疆拓土
只要有立足之地，种下一粒粒包谷
青翠欲滴的日子很快就抽穗
走过杨花

背上娃娃的身段
站在山谷一排排，以
高昂的身姿，迎候
我那握过疼痛的手已感知到
包谷的饱满接近迫不及待

我在时令的节点上
掰下一个个包谷，袒露的信念
就是一些金黄的日子
顾不了山高路远，一粒粒包谷可以走南闯北
不避讳颠簸

果　农

树上挂着月亮
还是一瓣花的时候，他就
掌握了施肥和修剪的时机

从窗口望出去
一个奶孩子的女人
泛着红晕的脸和月亮那么近
似乎一伸手就可摘到
那一大片苹果林，吐出的芬芳

一天天在果园转悠，每个清晨和黄昏
悄悄挂在树上
枝丫结出一对对圆润
他不时地去触摸，饱满的手感
已经奠定了瓜果的品质

红扑扑的夜晚，月光下
满枝都是爱的味道
当他摘了一筐时，听到奶孩子的女人
在喊上市的鲜

种土豆

驼背的天气在好转
山梁的夜晚，下着没有脂粉的雨
土豆发芽的消息，囤积在屋角已经很久
他弯腰拾起一粒
顺着芽孢切成几片
相信那些圆润是值得期待的

他在日子里挖坑，一个接着一个
土豆就有了安身之处
盖上一层薄土便会有
阳光攻破气候的禁锢

每一瓣芽吐出一道喜色
也许收成并没有期待的那么好
但一定不妨碍他播种
按照芽孢种下，可以缓解饥饿

他时常蜷曲在屋角，心思忍不住发芽
虽然土地贫瘠，也会有朝一日
像土豆一样，有一株绿
蓬蓬勃勃支起生活

挖红薯

随着藤蔓理清生活的
沟沟坎坎和坑坑洼洼
已有很久没听见，红薯在地里
静候我一锄锄挖出

狭长的，椭圆的，并不规整的生活
在地里待着的日子，仅凭藤的状态
就可判断红薯的大小
和口感

上坡之前，我就想象
这片坡地的收成，定能抵御一个冬天
那围着火炉的日子
烤出生活的滋味

只是，现在
我要劈开荆棘，在生活中
找到藤的最深处，不让红薯受到伤害
让锄头在原始的生产中
对生活充满力量

是否适合机械化挖掘？

并不是我思考的。我只想
挖出生活所需要的。如果是
再进行深加工，就推荐
给日后大面积的种植

眼下，我只有精准地
不偏离生活，一锄一锄
挖出一根藤上，大小不一的红薯
生活就可以得到满足

扎钢筋

黄昏像一条河流，就要弯曲进夜色
我要拉直最后一缕光
和钢筋紧紧匝匝捆在一起
不让日子坠落

没有根的黄昏
轧进钢丝，铺设在风雨中
凝聚的声音抱紧阴暗
我那解不开的结，越扭越紧

把汗水和疼痛扎在一起
抵消酸涩。手上的裂纹和老茧
走进生活，日子的嬗变
仿佛就是钢筋，稳固了基石

再过些日子
我站在高楼上俯瞰
工棚在拆除中袒露出心迹
那一根根钢筋承载了命运的全部

大雾起兮

在转弯处停下
不足一米的能见度，风在呼啸
虫鸣不依不饶贯穿耳膜
石头和群山铁青着脸，吐出大雾

那么多人站在大雾前
不知道绝壁在围拢，深渊
在逼近。真实的山脉逶迤而来
石头发出轰鸣

这一段时间，生活在大雾里
绝壁撞击着视线
深渊接纳了我的孤独
时不时翻出卡夫卡的小说
虽然那些字被笼罩
但我可以在情节里穿行

绝壁与深渊间
冷汗的谨小慎微
心智的方寸岂能由一场大雾封锁
精巧地把握住角度和力度
切割生活，要有粉身碎骨

和坠入万丈深渊的勇气

冲出。让车轮旋转

即便在夜间奔走，也不会害怕

地铁，一直开

脱去灰色，一种
金属深埋在地下，春雨
从女人的身上滴落下来
那就是一条美丽的河，劈开拥堵
声音在磨损光
伤口看不到月亮

我要中转，扶梯沿着执念
错开了千万灯火，在拐角处遇见一阕古典
盘扣的分叉，拂动着婉约
到了终点，没有返回
墙上的广告牌散发出诱惑
发梢就快触及呼吸。转不过身的现实
像有一层玻璃纸，隔着

站在夜的尽头
究竟是向左，还是向右？
月亮给出理由，还是做个少年吧
中年的通道，地铁一晃而过
耳膜里只有呼啸

无土栽培

生菜、白菜、豇豆和海椒
安稳地站在铁架上
根须张扬，已经不需要土地掩饰
勃发的绿不受天气地理与气候影响

省略泥土的酸碱性
季节再虚设，也不妨碍蔬菜生长
不但节约时间和成本
更重要的是不受土地控制

至于营养，在科学的指引下
保证了热量和叶绿素的摄取
人体内精确配方下循环
矿物质是否在蔬菜里存在
土地已不是唯一的渠道

就如很多人离开故土
不管是不是理想的生活，
穿梭在城市，习惯了吾心安处是吾乡
像一棵棵被搬运的白菜，或生菜
唯有闲置在跟脚的一点点泥土
保持着对故土的牵挂

天气转好

雨水提来一池涟漪

青草的芽尖上挂着一声声呼喊

推窗，庭院里的母鸡

不在意磨刀霍霍，快要孵出一窝雏鸡

有一则小路连接

飘过山岭的云。在我的肩头

空出的蓝相遇一袭旗袍

分叉的傍晚散发着胭脂的香

山脉起伏

空气里饱满的甜润溢出

浩瀚星月玉兔跑来

泉水在半山腰奔涌

阵阵蛙鸣，住进几个城里人

在云朵上写下魏晋

笔墨的走势，从人民南路到高升桥

把一个城市的开阔写进天气

越过陡峭，那一笔一画，走在春熙路

有很好的身段和靓丽的服饰

每个眼神透着静谧

露出月光的时候，星星就在我身边

闪烁。红星路二段

转移到地铁上，微信里的清泉

一闪而过

从时空转换过来

把一个叫惊蛰的节令，脱掉羽绒服

窗外的阳光给出了答案

关掉手机，和一个人白头到老

风　向

风，歪了

从邪门吹进了死胡同

几粒鸟鸣穿透后，我站着，只是我不提及

阳台上的衣物有一些污迹依然存在

有个身影很宽松

晃动的飓风冲击到绝壁

暗下来的光线在决堤

不愿回头的风，一阵阵呼啸

说是坚守

我遇见弯曲的河流

巨浪的捶打超出历史的高度

阔别多年的一件旧事

又在发芽

山冈的野草催生气候的转变

西北风在草木中顺其自然

可河流开凿出的河道是勇往直前的

河床裸露出的卵石和泥沙

有利益的链条

运到城里，筑起高楼

豢养的欲望如烈火，放射出经济效益

一些人被风向困扰

荒芜了的灵魂总是在刮风

人间尘埃四起

第三章

疲倦，或隐喻

购物车

物品和我的关系
据记载，在放进购物车的那一刻起
绵软的气质和坚硬的部分
只有过滤条形码之后
才知道与我的皮肤，或者胃
是否匹配

有些冷不是与生俱来的
从超市冰柜里取出的食物在购物车里将冷传递
似乎如找遇到的一些人和事
有出乎意料的效果

购物车陪着我
在商场转悠，之于物品的取舍犹豫不决
更多的，我要考虑
实用性。之于价格和品质
购物车也并不评判

到最后，我不得不舍弃购物车
物品便有了规范和有序
很多时候，购物车堆放在商场一角
空荡荡的，不埋怨，也不献媚
静静地等待被推走

大河之意

当水汇聚在一起

就有很多人在土地上开垦意象

不眠的河水长出蓬勃

我遇到一滴远古的水，迷上人间的茂盛

便有了大河的浩瀚

以宽阔的胸怀接纳万物

每一粒星辰起身于大河

卵石的风向绝不屈服于漩涡

波澜的分野在古典和现代性之间

包含着肌肤的柔滑和细腻

深潭与浅滩的掌控，我还是更趋于在水一方

河之岸，一阕窈窕生生不息

蜿蜒，或者壮阔

与之呼应。大河的铁

立于岸，沿途迁徙。那一只只水鸟

拓宽，又收紧。水面

就是一个个没有皱纹的日子

乡野里的爱情

两只麻雀，觅食阳光
一前一后在乡野。时而飞上树梢
摇曳的鸣叫给大地增添了几分恬静
时而幸福地在院里转悠
羽毛散发出的爱意多么浓密

围着田坎上的小草凝视
那一缕缕芬芳就从脚步中溢出
风前来祝愿
那一棵棵刚刚发芽的爱情
拱破了土地的沉默

要不了多久，小麦准备好迎娶
乡野上的草木都挂满喜气
戴小红花的麻雀回忆迁居城市里的人
困笼中的眼神无法领受
玉米怀孕的喜悦和稻谷灌浆的热烈

从流水线逃回来
与麻雀相遇，有自由的风相伴
和青草一起在乡野撒欢
呼吸着河水的清澈，那贯穿生命的爱
放飞故乡的辽阔

夜　市

冷淡杯子估算了夜的成本
落下的寂寞和空虚佐以酒的浓度
在街边，呼朋唤友

灯光照得整个街面都是豪爽
夜已经没有多少空地了
对面的灯已关掉，风吹不到

酒气弥漫
女人习惯了这沉浸式的生活
挽着夜市去领悟

不管是天晴，还是雨
夜市不能少了女人的调味
不然夜市就热闹不起来

尤其州河畔，这座城
才有泼辣的味儿

中年记

中年，所剩时光不会太多
保持质感的深邃和优雅尤为重要
绝不让商场的打折消息接近皮肤
脚印深浅，都是自己的回忆
按时就餐睡觉，不辜负香甜的夜晚和每一粒粮食

昂扬的早晨
一杯咖啡和一朵花站在一起，很满足
我的土地已经贫瘠了半生
不能再让每一寸田亩荒芜

不对白昼解释失眠，不请求原谅树的落叶
握住苹果，感谢那生命的色泽
饱满的语感持续高涨

现在才知道之前所有的疼痛不过是虚张声势
一年四季，土地坚持着固有的理想
该生长的植物一定不能缺席
只要认真就会长势喜人

中年了，以坚定的信念修剪掉生活的庞杂
不管堆积有多少落叶，庭院必须洁净

巷口即景

神仙树大院的贵气下
天空更加蜡黄
早上六点多斜视大院出来的华丽
涂抹了香粉的巷口只有他一动不动

煎熬着的生活艰难撑起微细的光亮
劣质的眼神已经空虚得
无法搬动光线之外的圆润
低胸的早晨，在落地窗内闪现
无穷尽啊，三个轮子的日子
隔着一米远的巷口

替他转动一日三餐
我侧身经过，目光差别不大
神仙树大院的战栗一刻也没有停歇
或许更忧伤地守望着一只宠物狗

平方米已经不能准确定位大院的未来
拐进巷口，落地的窗玻璃
与巷口的对比成为他难以愈合的伤

板车在我和他之间转换

太阳的正反面和雨水的疏密
巷口的板车隐去
神仙树大院的反差也隐去了

从夜晚转移
又进入夜晚的身影交给虚空
我还在巷口
脚步的锈迹失效，再也无法刷开大院的门

高　处

绕过村口，树梢摇曳
河水的急迫和稻田的婉约
夹杂着不为人知的伤
站在鸟鸣的高处

石头越聚越多，多过青草
青草在石头下呼喊着
认命的光照不到青草
几乎绝望的半生坚守着清冷

疼痛喊出中年的旷野
出乎意料的茂盛，一株株青草昂扬着
石头的夹缝淤积的露珠
多像我的眼泪

大地
我捂住胸口，痛不断溢出
只有村口那棵忧伤的树才明白
此刻，我喊出的声音在回荡
并且久久地不愿散去

十二月

稻子早收完
留下田和十二月的阳光
供鸟在语言的枯萎部分翻新

还在抽穗的月光拆掉伪装
不依不饶的风一个劲儿地吹
吹进我的骨头
山上堆积着厚厚的雪
但怎么也吹不化

忘记采摘的柚子没精打采
有一种金黄尚在
圣洁的十二月
身体里的河流舒缓而悠然

在岸边走
一直走到卜一月
峡谷，山梁。我忍不住呼喊
回声很坚挺

蓄满力量的十二月
剥开浓雾的十二月

缠绕在一条江的身上
七千年流淌也不曾干涸

十二月的冷暖，是理想与现实的落差
我的意志在挑战一杯烈酒
我饮下
就是一年春风

夕　阳

有一段完整的流水
举高旷野的目光

裙摆下到河里
我很羡慕流水，复杂的心思
没在水中。算不算肌肤之亲？
腰身之上，夕阳分外柔

流水再清澈一些吧
夕阳就不会孤单了
尘埃之手抚过
隐去疼痛，不遗留一粒尘埃

我用剩下的苍凉
点燃夕阳。山峦浸染
高挑，更是圆润
也许是从城市某个阳台
摘到的一颗星星闪烁着

夕阳的胀鼓
领走我，不要误入遥远
风吹过的柳枝，吐出夕阳的芬芳

落到裙摆上，就是一曲小夜曲

不愿睡去的夕阳
搂紧了河水。波澜里的
村庄，炊烟越过
旷野的静，我听到了流水的喘息

桃　花

月光的利刃裹着
三月隆起的山峦，水路和陆路
分辨已久，又一朵一朵吐出

站在蕊上
月光已经老态龙钟
剑一样的桃花插在心坎
就是一河澎湃

淹没了的夜晚
越磨越薄，日子卷了刀刃
散落的桃花也医治不了

抽出桃花
田野放不下我的身体
一天天凋谢在月光里
也不能成为标本

修辞学

把黑夜解开
一触便知是否塞满了硅胶

山村泥土中长出的修辞
自由奔放

城市的修辞
是水泥和钢筋

旗袍的修辞在分叉的夜晚
每一寸繁华来自荡漾的酒杯

陡峭的夜晚曲线圆润
万物获得天性释放

肉体扩散张弛有度
悲悯的流水送我一程

因为爱，路过虚假的美容院
心无旁骛

修辞越来越张扬

明码标价到以假乱真

修辞立足于天宽地厚
锻造人间

深　夜

我醒来。空荡荡的
夜晚淹没在无边寂寥中
山与河在远方接受更孤独
手机连接鸟鸣
雨声也跟在了后面

杀虫剂和化肥施展妖术
进入夜晚深处河水泛滥
空气凝聚穿透鸟鸣
残留在唇边的火，再一次腾高
风吹着辽阔

挂在窗外树上的雨滴
迟迟没有落下，那个守着谷雨的人
牵一匹马从远古而来
宋词写满长衫的夜晚
韵脚的平仄拐进丁香的小巷

一枝红杏短衫
仰躺在词语的顶端，婉转的曲线和圆润
勾画出雨声，滴滴答答一夜
直至鸟鸣站在枝头
山峦和树一起举高了黎明

薄

就这一张纸
白得耀眼。不着一滴墨
我点画的早晨，呼吸在战栗
风裹着奔腾
比月光还薄的早晨

匍匐着
熊熊烈火难以救赎的薄
在山峦与河之间折返
修长的笔迹有滚烫的手法
笔尖所到之处也是滚烫的

不能再薄
解开黎明，火的高度
可以融化生活的坚冰
即使是险滩和漩涡，这薄也可化解

乌　鸦

鸣叫覆盖
大地，陡然加重心跳，雨
一滴接着一滴
从乌云的眼睛里，跌落
那么多人奔涌在雨中，乌鸦也时不时
在头顶盘旋

越来越多的草，低下头
又被自己扶起，披上霜露的外衣
拐进冬天。心随时都会结冰
排很长的队伍，等待古老的石头焐热
哈出的白气，炖煮黄羊

寒风搅拌的汤汁，心生一计
课本里便有了《乌鸦喝水》的传说
但我知道
城市容不下乌鸦。目光
垫得再高，阳台上的孤独，也始终没能飞走

夜晚，一声声叫
从电视的屏幕传来，出门的路
下满了看不见的雪。扑腾的
人间，关不住的乌鸦乱飞

瓜熟蒂落

大开大合，高昂而急促
谢绝一切伪装。像风一样肆无忌惮
我站在烈火的顶端向狂野发起冲锋
奔腾的江水啊，越过险滩
声音用陡峭，锁定目标
我从月亮的身体里，提取到精气
再晚一点，风会熄灭
那一棵棵没有灵魂的树被砍伐

向夜晚靠近，婉转
在发梢弹拨出悠长，柔软的跳动
不断适应流水劈开苍穹
白云包裹着的辽阔，一定不会忘记烟火

拔节声久久回荡，滚过夏天
明月高悬，山谷和田野不留一点缝隙
我顺着那面坡地向上，或者向下
遍地是瓜熟蒂落

果园记

夜晚吐出的蕊
有火焰的高度，向我逼近
身体的芽孢敲响山野
挺立的每一棵苹果树，对生活充满信心
土质有了更长远的思考

根须抓紧的生活
不仅仅保持了水土，还有一树树芬芳
次第亮出人间的慈悲。穿梭
在果园，脚步更坚实地期盼
一棵棵树开始挂果。每一粒
坚持的方向，有果农呵护

精心嫁接的口感培育出的日子
圆润饱满，色泽艳丽
呈现出生活的品质。修剪了的枝蔓
挂满喜悦。我在果园转悠
满园的果香飘荡着，随汁液
走进生活的甜美

用不了多久，果园
就可摘下一滴滴汗珠，然后打包装车

果园静下来修身养性，孕育下一季
落地生根的阳光有新的目标

围　巾

我能去的地方，不多
脖子上的这条围巾，代替我
茂盛的风吹来一些消息
也许这就是一种温暖的修饰

雪花落在围巾上
更加准确地表达着，那一天
在我的世界里，不可或缺
质感保持的气息，渐渐深入骨髓
冷就不会侵入

这一针一线
编织起来的温暖，我有过热切的期盼
在远与近的尺度中，恰当的飘逸
是你的呵护
一点一点浸润

风雪飘摇，围巾翻飞
向着你，奔赴千里。管不了舟车劳顿
那柔，在骨髓里，就是一江水
贯穿整个生命的纬度

寒　流

多加了一些衣服
浩荡的风，从山谷来的
还是从平原来的？高铁停在风中
拖拉机和马车也不能通过

身体的谷底，也堆砌了很多风
北风，西风，一层一层叠加起来
声声呼啸，东倒西歪的树
也保持不了坚定

精神的波峰，有优美的曲线
在灵魂的坡地，坚守一秒钟也算奇迹
我是语言的顽石，河谷垫高意识
行走在冰世界的人，是否对生命和尊严有知觉
也许我是一个丧失了疼痛的人

尖锐的风，在我的骨子里
割裂灵魂。但我也喊不出来
被寒流裹挟，走了一程又一程
散架的骨头拾不起一颗理智的头颅

铁

锋芒依附于刀刃
卷刃的生活，封不住那一声声疼痛
穿过夜晚，阳台上的衣物
由内到外散发出诱惑
灯光已经暗了下来

谁也不能削弱铁的硬度
风霜在我体内盘踞
不时渗出铁锈，一点一点地侵蚀意志
我知道那些锻打的日子
在飞溅，会越来越薄

剔除一些痛
光滑和圆润摒弃虚无
打磨出一个不含杂质的自我
也许铁锈是一种保护
无论什么时候都要保持生活的品质

浸润是铁。完好无缺的铁
深入日常，把夜晚敲得叮当响
淬火，从生铁到熟铁。就不会有
生活的诟病。一个个火星四溅的日子
趋于成型

炊烟是故乡的根

多年不见炊烟
父辈在墓碑下紧锁眉头，土地荒芜
成为我的心病
出逃的后生，在城市的流水线上，时常被一种
叫"孤独"的东西轧伤

雨水淋漓，阳光离开树梢
那个拔节的夜晚，蝴蝶和蜘蛛同时来到我梦里
侧身进来的风，灌满整个故乡
烟火吹灭，一盏灯把我和故乡一同遗忘

河水再也站立不起来，满坡的石头压在心口
透不过气的故乡，被连根拔起
回不去的路，一望再望
从绿皮火车到高铁，一闪而过

村庄枯萎，山川吞噬了我的脚步
再次走在故乡，杂草和风雨都不是从前
不见炊烟，无根的故乡就像一艘船
越飘越远，远到我再也
无法触摸到

大棚蔬菜

身居大棚的蔬菜，从口感
到叶绿素，都有明确的指标
农药和化肥的研判，进行了合理调制
这样的日夜支撑起的信念
发芽科学

故乡的蔬菜不再风餐露宿
喷雾不是简单处理日常之事
湿度和阳光的有效释放，保证了蔬菜的长势
西红柿、海椒、茄子和南瓜在不同的生长条件下
大棚给予了最适合的氛围

风吹，雨打
大棚承担的，不仅仅是气候和环境的调控
还在于人与自然的融合
对口感和身体适应度
还有蔬菜的胖瘦，都有了考究

生活在这个世界的人
也是如此。走在小院里的女人
一日三餐，有精准的搭配
正如她身上的衣服，不仅光鲜

还有优良的质感。只不过

谁也走不出大棚罩着的世界

疲倦，或隐喻

石头停了下来
像一个汉字压在案头
不能喊出声，即便歪歪斜斜
也要站立起来

转眼小寒
看不见的雪越积越多
身体有些软弱，仿佛一株小草
承载不起阳光

走在无人的街道
疼痛支撑起远与近
行道树也弯下了腰。我不能
歇下来。高高低低的楼
紧闭着窗，衣物早已不见踪影

墙粉刷之后
精神还是萎靡
我在一座老院子里输血换氧
转移了的语义，仅剩一条鸿沟不可逾越

象声和隐喻

在楼道里穿梭，和我应有的距离

没有了根须的早晚

公交，或者地铁穿城而过

听　力

有些事物塞进耳朵
再也没有出来，谎言和假话
日益磨损耳膜，停在高海拔的
山中扛起落日，草木也不记得

小寒的阳光扣紧枝条
耳膜的痛，接受不到一滴水的回声
压在土地的命上，飞鸟折断了翅
匍匐在草尖，轰鸣一直持续

中年的光阴在磨损
不可修复的听力
在山路上走了一年又一年
我只看到流水的身段
在城市的噪音里越来越妖娆

雨水囤积
腐烂的路不仅仅坑坑洼洼
臭气潜入身体也与听力无关
听不到才是最好的结局

冬 至

城里的羊和乡下的羊

被一个叫冬至的节令

捆绑在一起。从一栋栋楼涌出来

不等于不怕狼

有人烧旺了火，研判

羊的温顺效应

文明和精神养育

穿上时装的外衣，暗地里喜欢上盘扣

和分叉的姿色凹凸有致

紧身的风韵，即便

半老徐娘也不放过

在生活中突围

高举精神。胭脂落了一地

挣不脱的网，更飞不出

宿命。轨迹在水泥地面

长不成一株草

夜晚守着月光的薄

等不来晴天

裹紧消息，一堵墙

推不翻现实。站在阳台上
眺望野生的菊花
一晃就到了冬天

狼，建好了一个个屠宰场
一群群羊赶进去
出来，就是冬至
一锅锅羊肉汤熬出的味道
听不到羊的叫

骨　头

不要丢下
疼痛的声音掌管阴晴圆缺
站在阳台上，我可以
看到大地在风的掌控下
庄稼和草木透露出活着的意义

燃烧，是骨头的一种态度
驾着鸟鸣驶出城市
尽管弯曲的道路很陡峭
但绝不会驶进迷雾

田野拱动，有火焰
在土地最深处孕育苍茫
我握住的镰刀，所到之处
骨头高擎，等待攀缘

到了冬天，骨头
每一片雪从骨缝飘飞而来
苍穹的呼喊更辽阔
有泼墨的张力和深邃
我的身体发出晴朗的号令

馈 赠

雨还在襁褓，土地和云朵
迫不及待地给我闪电和雷鸣
新生儿把疼痛赠给母亲
侧身而来的人把花容月貌赠给斜襟上
正要纷飞的蝴蝶

分叉的神秘停泊在夜晚
胭脂的车辆开过来
月光赠给辽阔，迎接不留痕迹的思考
拾级而上，每一步我都听到了身体的灌浆

花蕊吐出的夜晚，心神不定
只有星星陪着我，一句又一句的
前言不搭后语地扣在一起
仿佛疼痛就在那一刻化成了流水
把我淹没在无边无际的海洋

礁石露出意义，每一滴海水都是匆忙的
当它们在我的骨头里定居
突然有了劈波斩棘的勇气
生活在我前行的路上铺设花朵
我以大海般的宽广，回馈残酷和风险

衍　生

荒谬路过大地时，磅礴的雨

把我冲到河谷，用尽一生的力气去捍卫

我身体里的撕裂

然后，又无数次怀念

触及绝壁和岩浆，喷薄而出

又各自抵达安详

之后悠长地孕育，隆起新生的意念

再后来，溢出幸福的羊水

爱情退化，在感官和意识的麻木里

沉沦。田野、高楼褪去神秘

只有那些走在大街上的陌生化

又会唤醒我，像猎物一样

穿过肉体缓解欲望

不断繁衍。生活以上瘾的方式

存在于人间

折 射

很多的事物已经折射
站在我前面的人，走过了坡地
和沟坎。镜片呈现出的天气
模糊了阳光

雨水发生
镜片上的水珠越来越浩瀚
隔着围墙，走不出
那些预设好了的圈套

放大了的事物
藏不住一个人的影子
随着气候晃动，山路弯进
雨声。那湿漉漉的日子
我又能打捞出些什么

生活的瓶底
瞳孔里的火焰释放出焦虑
压不住土地的疼痛
高一脚，低一脚，试探
事物如飞鸟
飞来又飞去

养　神

很多词语聚集
比不上卷心菜的优势
剥离了的语义流落荒野
忘记了城市的灯红酒绿

阳台上的衣物
不对身体的隐秘负责
卡尔维诺的到来，改变了我
他身上的夹克流淌着爱情
身边的女人说出的话也是甜的

夜幕垂落
有一扇虚掩的门等着我
当我拨开掩饰时，战栗更明显
手感的真实性趋于波浪
彼此，要承担的
远超时间和空间概念

每一层都指向
肌肤发出的邀请要强烈于现实
我触碰到灵魂，饱满的情绪
不含一点杂质。只有静谧
仰躺着，闭目神往

红　利

读到波德莱尔，剩下的
红利不多。持续的雨水
从峡谷传递到河流，甚至大海
波涛如此平静

我认识的那个人
有绸缎意识，更有波涛
有时站在峰峦，狄更斯的眉线
经历了描画，火焰般升腾
小镇的炉火在雪中，倚窗而立

吱嘎的脚步，一根火柴划燃
里尔克的忧郁穿越了南方
小剂量的流水服用荷尔蒙
那一粒缠绵苦熬虚脱

回到虚空，小镇隐退在
久远的年代，发生的仇杀
掏空了一个诗人的灵魂。唤醒石头
从高山垒砌到峡谷
空气弥漫，还可以压榨出一点激情不?

如此巨大的疑问

是否能贩卖给人间？诗人们

来不及谋划，雪下了一层又一层

把我覆盖得严严实实

生活的块状

抽烟的经历，告诫过
沉闷和忧伤日积月累，但还是
必须管控。点燃的烟，抽出的是生活态度
要掸掉虚幻。化疗生活的块状

恶心，呕吐都是正常的
虽然不是灵丹妙药，但经历了，也就能适应
再多的苦，也只是生活的一味

生活的冷暖，就隔一堵墙
医院也并不是避风港
化掉内心的沉闷和忧伤，也许就一阵风
积极面对，瞬间就过了
过分依赖诊断书
生活的块状就会越来越多
做一个解救疾苦的人，是否能
解除生活的块状？值得深思

入院病历

风的侵入，导致语言障碍
痉挛的气候，先入为主
高烧的火线忍不住了，越过封锁
在福尔马林的气味里，萦绕
我清洗了的月光和路径
写在病历上，等待着进一步确诊

食物和空气到了绝望
脸色，坐实了烟火的缺失
吃五谷，生百病
一滴水在不断碰撞中，实现清澈
注射到身体里，思想就可以腾飞

消毒的空气和语言，有了生还的可能
风，切割掉生活中的毒瘤
清除掉病历上的蛛丝马迹

门　诊

把脉的那只手，在岁月里触摸冷与暖
听诊器要知道的，不是从前那么单纯
舌苔的态度决定了病的来历

时间搁浅在处方上，医生迟迟落不了笔
对于咳嗽、高烧和头痛
在仪器安抚下，是否客观和准确
这与手的温度和时间的领悟
是否存在反差，在中西医中转换

不咳嗽，不发烧
胸闷的消息，已经阻碍了语言的出路
吃药打针，也只是暂时缓解
医生提示，病从口入，少说为妙

手 术

把疼痛压低一点
骨头和肉，形成的对抗已不可调和
手术刀、镊子和针线，已经恭候多日
我练习过很多种使用刀的手法
对于手术刀的尺度
与人体的关系，研究过快与慢

生活给予的那些疼痛
必须用刀剔除它的顽固和消极
手起刀落，划开后
那些不能承担的痛
堆积在一起，很明显出现异常
肌肤的弹性更是受到影响
外在的坚强，已经到了绝境
我一刀一刀，切除意识的腐烂
切除思想的陈旧

静静地躺着吧，让我的手
有更充分的理由接触到自然和默契
虽然并不能药到病除
但让金属在身体里缝补破碎
不管破碎是从何而来，我要做到缝合有效

过道上

过道，眼神恍惚

侧身而过，瞬间碰撞

我有几分明白，他的哀叹和无助

雪白的墙涂抹的影子在扭曲，似乎铺设了幽深

他身体很难实现在过道行走

复杂的病因，我不能主张切除

手术台上的风险，在一笔一画的

字体里，变得异常危险

过道的拥挤，留下他的叹息

动弹一下，几乎要用尽他最后的力气

哽咽的家人，望着，一粒粒药

也难以咽下。水的流速慢到了极点

不说话，也缓解不了

干裂的嘴唇，似乎就要被点燃

在纸上写下的字，究竟能

维持多少天，谁也不清楚

高烧的夜晚

身体里掺入了假象。那么大的风
也没有吹灭
精神和器物在胡言乱语
神经性的，一块又一块燃烧
她以为进入夜晚，就可以避免被殃及
但愈来愈旺盛的火，高过山坡和田野
稻草人的夜晚，只是一具躯体
身体不可承担的毁灭，搁浅在河床

进入医院急诊，病灶不会因为身份而高贵
我搭上脉线，与侧身而过的视线相遇，我才明白
这个夜晚的疾苦，积攒了很多时日
她的那一针药，轻柔得无以复加
高烧持续到天明，身份价值已经失效
吃药和打针，也只是假象
高烧一夜，又一夜，活着才是真的

病　史

文火，有自身的美
干裂的，那段历史，在排泄
有关消息的来源，或者起因
还是日积月累，她或多或少清楚
我把脉时的眼神，有多复杂
尽管还不能定性，但身体的不适
已经告诉了她，要克制什么
酒和烟的危害，只是诱因
而奔走在风中，只有接受现实

她路过太平间，那具身体就在警示
当然，我尽力了
她看见我从手术室出来
直不起的腰，使出了全力
湿透了的白大褂，有一种
盐的晶体，多么刺眼
这就是我在积攒我的病史
我不想放弃任何生命
消失意味着失败
这个社会积累了很多
失败的病例，才有救死扶伤
人间预备了太平间和火葬场

正如医院有门诊、病房和手术台

这是，医之道

插在输液瓶中的玫瑰

春风认识的她,在数百里外
转移到疲惫,那些颠簸的消息堵塞夜晚
还有一小时就推进手术室
无影灯穿在她身上,脸色和肤色
进入不了日常状态。
只有眼神,释放出玫瑰
她知道,门外的脚步声在轻叩心扉

一出手术室,病房里
插在输液瓶中的玫瑰,在微笑
身体里的那些异物,割去了
她相信这一枝玫瑰是真实的
在语言体系里,玫瑰唯一的表达,胜过千言万语
她望着,窗外晴朗的天空,也是湛蓝的
她说,有玫瑰陪伴着,这一生足矣

穿　刺

不能说话，已成为事实

胸水积压，腹腔很危险了

消毒之前，推射了麻药

她的意识，我已经掌控

多么年轻啊，不能让她有一点闪失

她的青春刚刚绽放，我触摸到

她的疼痛和正在发育的爱情，都是一次意外

至于病因，也许太过完美

不知道节制和保护，放任了身体的热能

我只有用准确而有效的点位，进行穿刺

那一根针，穿过脊髓

淤积的胸水喷射而出

取决于我的手势的沉稳和坚定

我轻唤着她

缝补伤口。这一处，她会记得

是我，一针一线缝上的

有关痛，在爱情的线路上

有效地回应着

她醒来，嘴唇的红告诉我

手术的成功

骨　折

我以为身体里最坚硬的是骨头
骨折，承受了太多外力
力不从心的后果
伤筋动骨不是小伤

他打着石膏，固定在床上
窗外的阳光多么好，深入骨髓的痛
也不能掩盖他的回忆
人生中所有的风景，这一刻他都惦念
路上的惊心动魄，都没有骨折
可是，滑倒在一阵风中，像落叶一样
那么轻飘飘地就骨折了。也许是太过脆弱了
这一骨折，近乎改变了他的生活
愤怒、激动也不可左右。只有听命于医生

有些伤不是不小心，而是太大意
以为的安全，却潜伏着危险
钢针在他身体里保持着平衡
他不得不加倍小心，不能再折断
更是不能承担一些重
生活的压力不得不转移

可以想象钢针与骨头的磨合

不仅需要时间，更需要韧性

消过毒的每一天

很多消息都从这里流转
福尔马林优雅的姿态，在白大褂的
修饰下，谢绝化妆品的虚假宣传
皮肤的弹性回避了辐射
涟漪也是自然的

注射的眼神，有过敏性
高烧和咳嗽联袂急诊，提取消过毒的每一天
雨落到风的外衣上，溅起的水花，也是开心的

匆忙的脚步过滤之后，有灵魂感应
扶镜的手，在镊子的指引下
找到了失衡的起源。那些散落在
身体之外的血迹，表达过的感情，回归真实
起搏器的引导又是一页崭新

过了这一夜

狂澜。悲愤
几近修饰。处方上的夜晚，难以平息
有人在哭泣，有人在狂笑
化不掉的淤血，堆积在胸口
过敏性反应，无法抑制

我以为我是个解救疾苦的人
一把刀可以很权威地切除痛苦
然而那腐朽，那狂澜，那悲愤
与手术刀势不两立
没有一个夜晚是顺从的
草木在枯萎，河流在干涸
只有山峦在夜晚依旧挺立

那些包裹着夜晚的外衣
从春天的绿，到秋天就换成了黄
我确认冬天的一身白，才可以救死扶伤
我的手术刀已超出了我力量的掌控

月光落不到手术台

今夜，我划开月光
胸腔里的孤独，被浸染
切割，带着一丝寒意
我知道是大雪天
小时候的月光，就在树梢
手术台上的金属器皿
散发出一种冷，突然不忍触摸

她那么年轻，青春却在枯萎
麻药让她失去意识，那么安静地躺着
比月光还要温柔。她不知道
日后的阵痛，与这一刻有关
满头大汗的主刀，手法和刀锋
似乎有月光的柔性，很自然地
进入到病死的部分
毫不留情地割掉了影响身体活性的东西
但是否准确，出现一点犹豫
那一刻，屏住呼吸
以坚定、快捷，为标准

下一台手术，在挑战月光的柔性
主刀难以回避身份，气氛紧张了很多

无力回天的手术，已经不是
刀法的权威可以解决的
划开，迅疾缝上
仅仅是掩耳盗铃

处方上的日月

福尔马林浸泡过的语言，滴水不漏
只是没了职位和身份的象征，就一病者
那款宋词的柔软，在过道上
已经从侧门的语境中辨认出
几个小时的抢救。词语的毒性，有所缓解
但挂上的盐水，足够饱和

体温趋于正常，解开了疑惑
头孢和阿莫西林贯穿的日月
在窗外的树梢上摇曳
那一束光，有我的指向
疼痛是否化解，落下一片片雪花

水墨研制成的药方，输入了思想的旷野
即便陡峭，也会有一曲气喘吁吁的婉转，沿着山势攀登
我避开了过敏性使用
让处方在科学的尺度上，无懈可击

神经外科

风刮了一夜
缺氧的过道裹着纱布
十毫克碘酒在棉签上等候

闪电在神经科外
确定治疗方案，风还是停不下来
随之而来的雨降落在手术前

那些摸过黑夜的轰鸣
在头颅里怦然倒下
不见红肿的外伤，究竟是哪根神经

是否需要起搏器
引导那个与他相遇的人有足够的思想准备
过道上，刚接的急诊
乱成一团

手术台，无影灯和消毒液的状态
被文件锁定
主刀迟迟不敢下手

发颤的天气

等待着伤者家属认可

争执的风险越来越高

止痛药

下雨的天，更多的痛
还在路上。我穿上月光的外衣
轻轻一触碰就散落一地

我捂住
坏了的身体，江水也染上忧郁
堤岸垂柳摇曳
托不住天空的空

当我发现雨滴灌满腹腔
痛不是溃烂的部分
而是貌似完好的等待
天气是最直接的关系

中年路径必须精准和坚定
确认，就是这一片，便可
止住生活的痛

消炎药

红肿的日子行动不便
我用什么来矫正我的脚步
显然不是眼泪里的矿物质

下雪了
扫出一片空地，鸟也飞走了
叫声在记忆里发炎

争吵的骨节上
一粒粒盐冒出伤口，瓦解不了生活的痛
在处方上写下名字
十克责任，九克包容
一言九鼎的信任便可

相遇一粒消炎药
淤积的血和气
再热敷，就可根治

第四章

千回百转，江水长

高铁开进了我的视线

这一天是迟早的
山野的隧洞凿开了暗，桥的另一端
父亲看不见。几棵树
站在轰鸣声中落叶

橘子和苹果正在赶往车站
封不住的腐烂，停在我的视线之内
焦急的山冈削弱，声音的孵化
时间是不会停靠的，即便
我等上一个世纪，高铁压住了犬吠
炊烟也消失得无影无踪

穿过一道山梁
我已不再是追火车的少年
票面上的人生划分了等次
我的一生只够一张二等座

想念在视频里
如果补票，也比一枚黄叶要准确
我信任田野的怀抱
朝发夕至就是一杯酣畅

暴　雨

居高临下，没有一片瓦
能承担雨水，垂直的
甚至有些愤怒不会绝迹。敲打着
神经和意识，躲不过乌云翻滚

闪电，夹杂雷鸣
防不胜防，直抵战栗
纽扣上那粒饱满快要呼之欲出
我能否接住，也许仅一个回眸

千山万壑，坠落
雨花纷纷扬扬，峭壁和悬崖
粒粒如豆，挂不住一滴
磅礴，在闪电里
这人间的湖，浩浩荡荡
不留一点遗憾

一个造梦者，避开了雨
湖水在发芽的黎明裂变
我只有一枚闪电，横跨山脉
河流失控，暴雨决堤
我在下游擎住梦的稻草

浑　浊

不是天气不好，河道
已经很久没有清淤，难受
身段堆积起来的赘肉，割裂
岸与河水。难以抑制月光的破碎
掺杂了太多的私心杂念

风一阵阵刮过，直抵骨头
当疼痛冒出来，河水的尺度
丧失了婉约效果，不分白昼黑夜地
往心里灌。不仅草木东倒西歪

我已经看不见高楼的窗口衣袂飘飘
身体和灵魂的下沉，无法换回表面的张力
鱼虾搅动的局面看不穿
山野与天的交接
路与河流的迂回

依山傍水的人走着走着就成了一滴水
与天的蓝，背道而驰

过天桥

耳朵收听到水泥和钢筋
搅拌过的脚步声，多么熟悉的步伐
在构图和标号的指引下，我
有了最新的判断

蛇皮袋要经过的那个下午
汗水涌动，接受光照
皮肤的张望发出古铜色的回响
每一寸都有坚定的方向

与之擦肩的香粉，不仅窈窕
他不敢对视，从物质里提炼出来的淡妆浓抹
跳动的太阳正值青春勃发
他要穿透的圆润，只能停留在想象

车在桥下潮水一样
他漂浮在桥上，被人流推波助澜
有关语言的张力
夯实了眼眸的轨迹。也只有护栏
可以越过封锁。每一步叩击不到地
更触摸不到天

火　车

尚未结出的果实，从绿皮
转向深灰，提速之后，在身体里穿梭
雨越下越大，大过海洋

有时在林立的高楼间升起地平线
桥梁和隧道闪现出村庄
呼啸一声就不见了。运载的时间
从血管里喷涌出火苗

电气化的山水纠正了风向
进入程序的，有山的雄伟和水的灵动
干旱的土地都是敞开的
承载的思想和灵魂茁壮成长

褪去悲伤的铁轨在不断延伸
我的家在山的背面
钻探的十字架了好几年
火车进洞的时候，我父亲已不在了

塌方那年，我十二岁
挖掘机在慌乱场面挖出的哭声
洪水般淹没了火车的哐当
我站在山梁上看着火车绝尘而去

修　渠

石头走山坡上
难以承担流水的信任
只有一种引导，石头才有灵性
盘在山腰，不妨碍劳作

我退下石头的块状
让每个缝隙得到指令，平行推进
向山的另一面，避开陡峭
和粉身碎骨。简单的工具
用有些笨拙的蛮力把春风种在山上

当流水结冰，我就可以
坐在石头里等待袅袅炊烟
上升到天的蔚蓝
修成一条银河

抽 风

肌肉和笑声混搭
追赶几钱薄命。从山坡滚落到水沟
湿漉漉的风捶打着骨头
衣不蔽体的一刻，魂飞魄散

她已不成人样
在水面蹦跳，越往深处
身体承载的煎熬落入俗套
突兀的思维成为笑柄

向夜晚借一杯月光
吸食的药片搬运到火焰里
烧毁的脑子又进了不少的水
缺少工程运算的生活成本

在最后一根稻草上摇曳
失衡的风向穿着光鲜的外衣
大面积栽种理想植物，看似茂盛
一再迁徙的收成抽掉了风调雨顺

难以医治的病根
不知道什么时候倒地

像弹力球，口吐白沫
也许洪水是她最好的归宿

野　鹤

气候是孤立的
风向在不断优化，你需要调整翅膀
田野枯瘦的身影喂养辽阔
云朵落到羽毛上，还有一滴露珠为现实浸润
环形的草精气旺盛

拍岸而起的江水，掀起巨浪
你停泊在十字路口，向所有人讨教
野外生存技能吞噬了独立性

丛林发出的邀请，赦免了
箭的确定性和语感的知性
对于旷野攒积下苍茫，一声鸣叫就可以化解
再向草木盘绕

每一棵树都在直立的声势中
树梢铺设，用风点缀
浩渺的松涛，淹没了不可躲避的危险
雪，纷纷扬扬一大片
山野堆积起鹤语，起起伏伏

拥　堵

时间卡住了
不能动弹，各种声音会聚到一起
决堤的先兆，从上午到傍晚
排放出的潜意识成为一枚干瘪的词
骨架散落，闻风而起

车轮的划痕，很纠结
语速倒灌，形成绝壁
不能穿梭的排列，撞击到预案
一再上升。空气和语境
也是紧张的

任凭华丽包裹
堵死的路径，不断发泄
声音的通道愈发敏感
迂回的仙鹤，将传说的未知性
塞进病态

有谁可乘风而去
高铁化解，出口昂贵的咨询
油料的涨势趋于明朗
刹车片的胶质制动性愈发焦虑

喇叭的海洋岿然不动

山洪倾泻到城市
阳台也被堵死
衣物的鲜明性，在垂死挣扎
下一秒，裸露
消耗了太多的时间走向

发 芽

黎明的芽孢，挺立在
辽阔的旷野，无边孤寂
吐出一瓣一瓣的芽，春风抚慰
细腻的风很远，远到我触及不到
骏马的奔腾越过山崖

海浪掀起烈火
就要破晓的那一刻吗？山野，河谷
枝枝嫩芽布设了灵动
唇线滑过，一叶苍茫
夜露整装出发

在悬崖的命运处，拐弯的发芽
苦熬一壶月，霉变的风吹了又吹
枝丫上一滴清泪穿过千年
在古老的河岸坐化
消失于河流的婉转
我再也打捞不起芽尖上的芬芳

扑　腾

草尖刻苦钻研
根须发生转变在风向
下雨坠落的天气很打滑
与石头接下渊源
跌倒后，一阵扑腾

山野空寂
流水上的羽毛沾满了灰暗
呼吸得到的回应是纠缠
蹩脚的鸣叫刚刚发芽
天压低了气流

身体隆起
穿行在山脉中，光和影不断叠加
山谷回荡着无尽的远
我不可触及的
那丝绸的气候越来越绵延

洒落到夜的指尖，很柔的一段
高楼耸立，只有一扇窗
避开了影子的设想
一群小鸟学会在人间生活

深黑色

火山出口，岩石下
新和旧的交融露出来
寻觅到身体的秘密和冰块

整个上午的焦虑化不开一朵云
矿石的燃烧锻打爱情
套上黑色，街面的推进持续高涨
橱窗里的肌肉和眼神力度宽泛
下坠的效果在裙摆上回旋

总有一种远词不达意
向火山进发，路途下了霜白
制造的雷声滚过险滩
隧道之外，一声声巨响
枕着五月厚度，一睡千年

攀　登

风伸出手
我握住战栗，不再退却
岩石的沉默略带微苦的羞涩
圆润的夜晚我还有什么要期待
火焰的高度直逼心扉

繁茂的雨灌溉原野
顺着绝壁上了釉，我的攀缘更具时效性
裂开的疼痛在骨头里燃烧
敏感的鸣叫根植土壤
吐蕊的早上，解开了黎明

破晓在即
向下生长的轨迹在探究燃料
楼道的脚步声拉开帘子，又一层层
铺上白色的呼吸，笔画所到之处
锋芒更尖锐。必须否认石头的老迈

我相信酒的柔滑，但火
饮下苍茫，旷野啊，在摇晃
也许这是原始的。却繁衍了一代又一代
不可更改，甚至我有些上瘾
攀登上一个叫绝壁的女人

月亮的耳朵

真的是声音很小
有些敏感、多疑，甚至自大
月亮没有听到，他的哭
压低了天空和流水

撕裂的空气还在战栗
他抱紧身体坐在石头上
瑟瑟发抖的月光接受气候改变
耳垂在冰块上奔走

耳膜弹奏的碎裂
散一地，枯草放下马匹
蹄印陷入耳道决不允许污垢排放
借探月卫星发射

很多知识盲点
挂在月亮上
涉足领域和方向
落到失聪的人间，月亮的耳朵
也只是配饰

贡嘎措

格桑花和湖水的叙述
语调悠长而绵软，坚硬的风
一个劲儿地不管不顾往身体里钻
有一种蓝背负着期待
停泊高海拔山腰，倒映雪的白

宽阔的想象也变得陡峭了
在脚步发软的后遗症中尤为明显
我想拾起一片雪穿过苍茫
思维的叶子泛起的绿色栈道上
也许并不知道贡嘎措放慢了时光

行至湖中
骨头的碎裂声音，惊动了天庭
"请不要污染湖水"
雷霆击穿峭壁，放出奔腾的马
岩石一层层叠加到生命里

我不是远古的猎手
只是城市的一个抑郁者，想拥有
那一湖透明的放纵。收紧月光
东坡先生错用一支笔，写出的婉转
高反和缺氧已成为现实

出　行

这一路山水，备好了
行程的远与近不能群发
门窗的材质研究和分析必须到位
路口设置便衣调整气候

停泊在云端的奇思妙想
难以纠正风的方向，雨在赶来之前
预测到空气的糜烂和不受使命

拐弯的那一天，山洪和暴雨齐发
夜在降临，熄灭了最后一盏明智
居高临下的山岩，卷起风的旋涡

华丽的庄稼有农药的保护
水果摆上礼仪，更有窈窕和圆润
森严的一片林子飞鸟也难以进入

山野空出
杂草主导出行方案，绕开雨水和雷声
阳光落到湖中，有鱼想迎
可谓壮观。活在自然

冲古寺

半山腰，缓解我的紧张
前方，镂空的栈道，沿溪流而上
植物和气候形成的袈裟
肉身不可回避的重
沾染了世俗之气，没有一滴水可以超度

镀金的天气，面对雪山
金黄的语感在经幡的指引下
香火缭绕。我从栈道
侧身进入，院内清扫过的空气
叩击每一寸土地
有遥远了的回声。我从杂草间
穿越冲古寺，高反平稳了很多

我坐在冲古寺外
一阵雨骤然而来
雨衣接受光线黯淡，诵经的老僧
不断敲打我的神经，一声声
落到心尖，也是透明的

兰花记

花苞绝不潦草
吐出一个夜晚，尺度更相信
浸润和挖掘。雨的一条路
从花开到花谢
土壤修饰过的春天，要比
流水缓慢

古典的一座桥，停靠
在明清的建筑物前，有一轮
月缓缓升起，直到后半夜
流水转移，门庭幽深
款步而来的风，捶打出月的薄

隔壁的争吵，停留在兰花上
一丝丝芬芳扣紧窗棂，又落到眉宇
唇色艳丽，吐出的火
映照根部，那场大雪封山
已到无路可退

阳台上

经过玻璃修饰
衣物还在滴水，打开
那宽敞的阳台，气息和味道都是草木
越过栅栏的视线很饱满

适合饲养的兔子
也站在阳台上，绒毛的丝质感
没有了束缚。但我还是无法触及昨夜的月光
钢筋水泥结构的夜晚，从阳台吐出
不眠。点一支烟对视

可以掌控的水泥标号
也仅仅是生活的骨架，真正进入
城市的核心，不是由钢筋扎进身体里的
曲折程度决定的

我是一个爆破手
翻越到阳台上，对于丝质早了然于胸
至于波涛，那是潜移默化的
从上手的兔子开始，顺着弧线向下
阳台离客厅只有一步

就要绽放的花瓣

与阳台的默契，已经得到证实

我钟情兔子的趋于奔跑状

敞开阳台，让阳光进来

花瓣和兔子在夜晚也是敞亮的

醒来的雪

醒来的雪
沿着岩石走进冬天
骨头的燃烧已经达到沸腾
马尾的故人在姐姐的长裙褶皱里
听到脚步捶打街面

岩石峭壁，有一个小型乐队
鼓面上不朽的加冕在奔跑
开山的号子响彻云霄，鼓点的争议
力度和尺寸正在归隐山林
语言里的雪，纷纷扬扬

在修辞的血管里喂养灵魂
直到岁月的矿石加快了修炼
影子潜伏，有一粒高悬的豆
镶嵌进冬天，那些飞翔的小鸟
只能望尘莫及地盘旋着

是的，我古老的这枚岩石
仰望着发痒，也奈何不了
大海，雪融入岩石
那片墓园挤不进一点风

焦　虑

走路，吃饭，睡觉
在物价怂恿下丧失了方向感
隔着围墙的光转暗之后
把数羊的任务交给了星辰

叶子渐渐泛黄，忘记了抽穗
落在地里的泪又开始发芽
根须长在天空，遮蔽蔚蓝
河水倒流，夜晚也是一片汪洋

拥进城，淹没了高楼
蹲在墙角的猫嗅到的腥味一再被牵引
月光洗薄的视线来不及流畅
是谁挑起的事端聚集在星空
睡觉，吃饭和走路已有固定的模式

窗口，落地扇，帘子
与茶几形成对视，掺杂一点失血的光
炙烤大海。不让礁石和海水
一点点腐烂

烧　酒

缺口的遗漏必定
煎制一粒粮食，从口感到浓度
江水居高临下挖掘传统工艺
特质的醇厚不是接近尾声

是的，入喉的火，舞蹈中
独享润滑。那一刻的风靡
提纯整个世界。高浓度的生活
绝非一杯烧酒可以溶解

酒过三巡才是本质
相邀的明月咫尺天涯
我在海浪里托举起的燃烧
更是人到中年才明白
酒的首尾不过是一种过渡

摄取最中间一段
不是投机取巧，不是放弃悬崖峭壁
以锤炼，或者一枝独秀方可创造奇迹
是浓缩在流动中的晶莹剔透
贯穿际遇，不忍失真

换 土

土地枯黄
散步的脚长出一两朵芽
推土机和挖掘机相继来到身边
空气潮湿，凝重
不时落下几只鸟，翅膀擦不亮
那片天空的蓝。白云孤独
土地陈旧、衰老

换土方案，披红挂彩
仿佛一粒粒粮食就在这一刻
于我的胃里放出千军万马
重新焕发出青春，让我的热血
发现辽阔。乘一缕缕风
追上繁华与荣耀

一公里白云与十万吨流水
把这片土地置换，套上索取
土的厚薄在一声声呼唤中，
所剩无几。观念捶打出
土，看不见石头，也无法知晓
洪涝的钩心斗角

良知深埋

还有拱破土地的时候吗？推土机的重压

下着大雨，来来往往的人

稻谷和麦子在我的阳台上抽穗

没有芬芳缤纷我的夜晚

干裂的土地，时不时长出疼痛

除了换土，这个世界仅存的一种生活方式

不过是掩耳盗铃

破 绽

很久不见
春天巨大的诱惑吐出
疼痛修改了一池水的倒映
很薄的那个夜晚，走远
又走近，忍不住丢进一粒石子
平静的水面起了一圈圈涟漪

稻田，在那一刻
抽出的穗，落到我的脚上
以为是蝴蝶，脚一提
有些凌乱。我握住的那个夜晚
一点就破
仰躺着的月光在起伏

赶到流水急促之前
我如一株草那么柔软
贴紧地面
不让生活的坑坑洼洼产生
歧义。河水一再涨高
阻碍我继续向前

那么多的草木闭口不谈

天气和季节，把发芽的事
忘得一干二净
我相信种瓜得瓜
即便隐藏得再深
也是当下的破绽

夜里的枯木

雨下了几分凉，栅栏外
我遇见一截枯木在向天空发问
闷热的虫失去耐心鸣叫着

身段优雅的风，吹到骨头里
有一段葱茏
低垂到湖边，涟漪走不了多远散去

花瓣还记得隆起
我已失去辽阔，塞满孤独的石头
可以钻木取火

为什么不腐烂
夜晚堆积起的火焰等待拔节
横在旷野，就是我的不眠

我必须挨过孤寂
在破晓前发芽，让熊熊的烈火
擎起一轮明月

卓玛拉措

仙乃日就在面前，有些发软
是不是缺氧，海拔已经证明
轻度高反。尽管陡峭，我还是一步步靠近
按照神的指引来到了卓玛拉措

坐在湖边，法力涌动
岩石和湖水活了千年
雪的思辨性冲破了世俗
珍珠一样的天空，云朵的爱
仟我仰望

但我的肉身和灵魂
在山前，穿越的海拔
每一步都得到风的认可
必须以干净之身领悟水的灵动

阳光临怀
雪山在卓玛拉措身后
闪烁着，我抬起的视线也不含一粒杂质
山和湖融为一体
便是稻城亚丁

转　山

向上，风力
有更充足的植被，珍惜
每一块石头堆砌的静默，镌刻在内心
经幡环绕，我匍匐
越往上，越虔诚

松鼠和马不会有高原反应
沿着植物的生长膘肥体壮
而我有些缺氧的感官，在山体的庇护下
触摸到灵魂的硬块

时间一点点地吞噬了我的年华
情绪化的雨，早已适应了高海拔气候
眼前那不可逾越的山
转动今生和来世

脚步更轻，风更足
植被深处的自驾，或者随团，山都在那
有诸多细枝末节需要矫正
而每转一次，山就会长高一点
开在八月的格桑花越来越多

之所以

香格里拉亚丁的山和花都有神性

袒露在长长的气候和时间里，接受淬炼

密林不可风化，岩石上的雪照耀着人间

不仅仅只有我远远地眺望

还有那山和雪的圣洁

在点化生活

香格里拉镇

夏诺多吉、仙乃日和央迈勇
都是白头，恰好远望。所有的
光照，落到植物和山上
湖水经过的温差
我先靠近洛绒牛场的马匹
雪的外衣发出邀请

栈道的蜿蜒在雨的怀中
修炼雾的妖娆。风从雨衣外
有紫外线陪同的藏族女子的歌声
穿过云层。奔跑，抑或停泊
比山体更陡峭

是庄重和巍峨
指向意志和坚韧
一步步，要克服高反和呼吸的急促
那一曲清澈，站在湖边
和朋友通话。湖水涌到远方

她听到了山的呼唤
在山水间活着并爱着
接受陡峭和缺氧的生活，坚持

向上的步伐是意志的表达

三座雪山，在香格里拉镇
以昂扬和不屈，堆砌我的瞭望
摒弃浮华，攀登加快了血液循环
岩石的稀薄不会氧化生活
雪水环抱着的小镇
每一处民宿前，停靠着南来北往的口音

雪　水

从山上下来，有道德的次序
香格里拉镇上的空气、温度和阳光
是否适合人居住？身披山的庄严
蜿蜒的浪花，白花花的
恰似人们的笑，洗涤一路风尘

走在稻城亚丁
格桑花顶着芬芳
和每一个人打招呼。刺骨的凛冽
格外清新。栈道，或者柏油路
剔除了那些拥堵，在一顶帐篷旁

经幡摇曳，急匆匆地
给予土地以湿润和肥沃
更好地适应高海拔植物生长
松茸和青稞在气候的变换下
在暴雨之后，以蓬勃之势唤醒人类的味觉

陡峭的撞击
月光落到篝火的舌尖
那些不融化的石头和声音，勾勒出
稻城亚丁的四季和豪情

香格里拉镇上的商店和餐饮
有了雪水的洗涤，礼遇每个远道而来的人

挺立的雪山，以仰望
献上哈达。漩涡和沟壑
溅起人类最洁净的浪花。有长调
和风跳起优美的锅庄

每滴雨水都有去向

夜，密不透风
倔强的雨水顺着身体和意识
灌入疼痛，一滴接着一滴
辗转反侧

阳台上的衣物，开始霉变
丝质的气候裹不住望眼欲穿
汇聚到地面的灵动
深一脚浅一脚

唯有那独立在雨中的身影
打探到雨的去向
下水道堵塞，漫出的痛
揪住我的心，一阵阵痉挛

闪电和雷鸣压不住
阳台上的眺望，一袭宽松荡漾
遥远的大海啊，等待这一滴雨已经很久
穿过密林，又迂回于城中

我明白每滴雨水都有去向
在这不眠的夜里，大海也是汹涌的

礁石和岸

任雨水短暂停留

在雪的身体上刻画

遥远的雪，还在童年

古旧的庭院和苍劲的树分不开

鸟雀的鸣叫

沿着清脆的婉转

远处的旷野，脱了色彩鲜艳的羽绒衣

身体的圣洁，任由我描画

纷纷扬扬的一个早晨

眉毛、眼睛和嘴长了出来

好看的身段配上妖娆

欢呼着奔跑，撞上奶孩子的女人

那若隐若现的圆润，吮吸着雪的完美塑造

当阳光照射

晶莹剔透的乳汁，往我心里奔涌

多年之后，我不断刻画

在生命的高原，雪和往事堆积

那些化不开的爱的冰川

每片树叶都有正反面

途经高原
在荒芜中，我看到树木摇晃
每片叶子不断翻飞
正反面不同的光泽，表明了接受阳光的程度

雨下得紧张，无序
风吹得我东倒西歪，像叶子一样飘飞
要不了多久，树就变得光秃秃的
叶子在地上，又被风卷走

幸好，我是路过
不像树站立在那里就是一辈子
更不像叶子在秋天飘零
飞起和落下，无所谓正反面

时间久了，腐烂到地里
再也辨认不出模样。我只
看到树上每片叶子，迎着阳光
舒展身体，把日子过得绿油油的
交错的茂密，引来鸟的歌唱
尽管那些叶子总要枯萎
但不影响我的崇敬

一本诗集的最后确立（代后记）

1

我是在由成都飞往上海虹桥机场的航班上，突然想到"顺江而行"这四个字的。也许是飞机在强烈的气流中颠簸，平稳后就不一定准确了。手机处于飞行模式状态，记事本是可以使用的，尽管有些不习惯在手机的记事本上写作，我还是用拼音输入法，一字一字地记下零碎的想法。机舱投射进来的强光是炽热的。往外一望，我知道，就要靠近黄浦江了。它的奔涌和漩涡是没有法则可循的。

所以，我必须顺江而行。正因如此，在我生命里生发的那些孤独，也是不可磨灭的。

2

江水的远与近决定了生活的质量。蓬勃，或者枯萎都是一种态度。江水滋养的不仅是土地，还有人的生活状态。那些绿和光泽都与水有关。顺江而行也就成为一种生活的意识。

回想这些年，我从小镇出发，所遇的不仅有大江，也有小河。水都追求勇往直前。这本诗集中的一些文字，似乎是经过了江水的淘洗了的，卸下了日常的疲惫，有着我的血肉和情感。特别是近几年，生活停滞，但江水没有停止前进，它时常翻滚、奔涌，我的笔也必须保持坚挺和勇往直前。

3

在我情感的版图上，长江、松花江、雅鲁藏布江、钱塘江等，在生命里，灌溉着我的情感。在生活的版图上，长江、嘉陵江、锦江，更是深入到我的血脉之中。

有一年，我在渠江，脚伸到水里，有鱼和我嬉戏。十指相扣的江水，紧紧握住五月。趋于澎湃的夏天、江水的波澜，从不同角度洗涤我的内心。

4

一个写作者，首先要做到诚实，必须遵循自然的发源和意识的潜伏。

飞机在下降。是的，快要着陆了，真实地触及大地。那一刻，我的心是沉重的。是的，人必须生活在陆地上，是无法生活在高空中的。

触摸到大地，才会有自己的生活。生活，我要克服沟壑的贯穿，要有逾越陡峭的信心。江衍生出河流、村庄和城市。城市和乡村构成了我的生活和命运。

当然，形而上的江和形而下的江是不同的。江的改变，不至于落入俗套。江也是有宽容和坦荡的。漩涡和险滩，也是伴随的。

5

高空中，悲伤也是架空了的。

短暂地与外界失联，内心还是沉静不下来，伴随的绝望，在一点点浸透。意识到了虚无，我竭尽可能地去化解。

飞机落到跑道上，耳鸣消失。但还是联系不上事物的发展。外滩以外，虹桥，在上海是具有发散性的。

我得与高铁对接上。目的地，我还没想好。也许这就是我写作的未知性。

我绝望，有些事不能在手机上操作。

6

夜里的江无拘无束。

我站在江边，心情是湿润的。几年前，我在江边，抓紧的那双手，很温暖。转瞬，进入深水区，漩涡、激流，将我推向孤独。那种茂盛前所未有，统领着内心的火焰。声音是燃烧着的，空气和语感也是炙热的。

这么些年，孤独久久地烙印着。也许是一种病灶，江水正好酿了一壶良药，医治我的孤独。

我在孤独中追寻生活的意境，又是多么美好。正所谓写作，就得耐得住寂寞。

我孤独，故我写作。

7

可能性，是在语境下。

而那些辽阔的，甚至磅礴的，一旦触及，生命便是鲜活的。

有人说，语言是从黑暗中发出的光。但张力和语义都是会拐弯的，我以我的自控力，完成语言的具象化。而一个写作者掌握的是语言的力度和精准度。

避开所有的歧义，或者引义，语言的多义性才能归顺到写作者的力度上，正如庖丁解牛，便是诗歌有效的语言。

8

诗歌是可以被曲解的。

根据读者的年龄和阅历，他们对诗歌的理解有时会偏离作者。写作者并不忌讳曲解与偏离。其实那是文字赋予的神秘性和陌生感的使然。写作便也有了神奇性，不仅可以治愈写作者，也可以治愈阅读者。尽管是闲言碎语，但它是与心灵相通的。

是与生活和解的良方。

9

敬畏是一个写作者必须从内心出发的。
只有敬畏，文字才有光泽，才有神性。

10

有些事物，是轮回的。

摒弃成为诗人必须要拥有一种能力，比如摒弃功利和名利，诗人才能有效地回到写作的本真上。

喧嚣和浮躁，是一个写作者的大忌。

守璞归真，是诗歌写作者的能耐。说者容易，做者难。

我秉持着内心深处那一点点真，写或者不写，都顺其自然。不强求，不奢望，更不违心。

11

如果卡夫卡走不出黑夜，卡尔维诺生活在乡村，这个世界也许就是另外的样子了。正如诗歌人人都可以写几句时，艺术的贬值就是必然的。这个世界就没高雅和平庸之说。

请记住，诗歌是写给另一个我的，更是我的灵魂伴侣。那么就"顺江而行"吧，并以之为诗歌命名。

亚男

2024 年 5 月于成都

图书在版编目（CIP）数据

顺江而行 / 亚男著. -- 武汉 ： 长江文艺出版社，
2024. 11. -- ISBN 978-7-5702-3801-9

Ⅰ . I227

中国国家版本馆 CIP 数据核字第 2024NA4112 号

顺江而行
SHUNJIANG ERXING

责任编辑：王成晨　　　　　　　　责任校对：程华清
封面设计：祁泽娟　　　　　　　　责任印制：邱　莉　王光兴

出版： 长江出版传媒 长江文艺出版社
地址：武汉市雄楚大街 268 号　　　邮编：430070
发行：长江文艺出版社
http://www.cjlap.com
印刷：湖北新华印务有限公司

开本：880 毫米×1230 毫米　　　1/32　　　印张：7.5
版次：2024 年 11 月第 1 版　　　　2024 年 11 月第 1 次印刷
行数：4194 行

定价：68.00 元